ROXANE GAY

VON GEISTERN UND SCHATTEN

Aus dem amerikanischen Englisch
von Eva Bonné

btb

Für meine Mutter und meinen Vater

Inhalt

Motherfucker

Gérard denkt täglich über die vielen Gründe nach, aus denen er Amerika hasst. Diese beinhalten, beschränken sich aber nicht auf: die Menschen; das Wetter, insbesondere die Kälte; dass man für alles ein Auto braucht; dass man jeden Tag zur Schule gehen muss. Gérard ist vierzehn. Er hasst alles Mögliche.

Am ersten Tag an der neuen Schule soll Gérard sich der Klasse vorstellen. Er steht auf, sagt seinen Namen, setzt sich schnell wieder hin und starrt auf sein Pult, das er jetzt schon hasst. »Was für ein interessanter Akzent«, flötet die Lehrerin. »Woher kommst du denn?« Er hebt den Kopf. Er ist gereizt. »Haiti«, sagt er. Die Lehrerin lächelt breit. »Sag mal was auf Französisch.« Gérard gehorcht: »*Je te déteste.*« Die Lehrerin klatscht aufgeregt in die Hände. Sie spricht kein Französisch.

Die Information verbreitet sich rasch, und schon bald hat Gérard in der Schule einen Spitznamen. Die anderen nennen ihn HBO. Erst Wochen später versteht er, wofür die Abkürzung steht.

Gérard wohnt mit seinen Eltern in einer Dreizimmerwohnung. Er teilt sich ein Zimmer mit seiner Schwester und seinem Cousin Edy. Sie haben kein Kabelfernsehen, aber Edy, der schon ein paar Monate länger in den Staaten ist als Gérard, lügt ihn an und sagt, HBO stünde für Home Box Office, einen Privatsender mit Bruce-Willis-Filmen. Gérard hasst die Tatsache, dass sie kein Kabelfernsehen haben, aber er liebt Bruce Willis. Er ist stolz auf seinen neuen Spitznamen. Wenn die Jungs in der Schule ihn HBO nennen, antwortet er: »Yippie-ka-yay.«

Gérards Vater duscht nicht jeden Tag, weil er sich an Sanitäranlagen in geschlossenen Räumen erst noch gewöhnen muss. Stattdessen begnügt er sich jeden Morgen mit einer Katzenwäsche über dem Waschbecken und spart sich den Luxus einer Dusche fürs Wochenende auf. Manchmal sitzt Gérard auf dem Wannenrand, beobachtet seinen Vater und denkt an zu Hause. Er kennt das Ritual auswendig: Sein Vater spritzt sich Wasser unter die Achseln, seift sie ein, spült den Schaum ab und reibt sich dann mit einem feuchten Waschlappen über Brust, Nacken und Ohren. Dann schickt er Gérard hinaus, um sich zwischen den Beinen zu waschen. Das Ritual endet damit, dass er sich das Gesicht abtrocknet und die Zähne putzt. Danach geht er zur Arbeit. Zu Hause war er Journalist, in den Staaten schneidet er acht Stunden täglich Wurstwaren an der Frischetheke eines Delis und gibt vor, nur gebrochen Englisch zu sprechen.

Im zweiten Monat an der neuen Schule findet Gérard eine Tüte mit billigen Parfums in seinem Spind. Jemand hat in dicken Großbuchstaben »für HBO« daraufgeschrieben. Ein seltsames Geschenk, denkt Gérard. Obwohl sie einen widerlichen Geruch verströmt, nimmt er die Tüte mit nach Hause und zeigt sie seinem Cousin. Edy verdreht die Augen, zieht aber trotzdem ein Fläschchen heraus. Seine Freundin wird sich darüber freuen. »Diese Motherfucker«, sagt er, weil er im Gegensatz zu Gérard schon ein paar Schimpfwörter kennt. Er erklärt Gérard, was HBO wirklich bedeutet. Gérard ballt die Hände zu Fäusten. Er denkt an die Motherfucker, mit denen er zur Schule geht, und wie sehr er sie hasst. Am nächsten Morgen übergießt er sich mit so viel Parfum, dass seinen Mitschülern die Augen tränen.

Wenn sie ihn HBO nennen, schmückt er das Yippie-ka-yay mit einem kleinen Zusatz aus.

Der Akzent
meines Vaters

Er weiß, dass man ihn hören kann. Er ist schwer, noch schwerer sogar als der meiner Mutter. Mein Vater lebt seit fast dreißig Jahren in Amerika, aber seine Stimme klingt nach Port-au-Prince, nach überfüllten Straßen und gellenden Autohupen; sie riecht nach Grillfleisch, geröstetem Mais und einer drückenden, reglosen Hitze.

In seiner Stimme hören wir ihn auf Kokospalmen klettern. Er klammert sich barfuß und mit sandigen Schenkeln an den Stamm und schlägt die Nüsse mit einer stumpfen Machete ab. Wir hören ihn zu Kompa tanzen, er wiegt sich hin und her und hat sich eine Hand an den Bauch gelegt, während die andere über seinem Kopf schwebt. Wir hören alles über Toussaint L'Ouverture und Henri Christophe und den Stolz, der erste freie Schwarze zu sein. Wir hören seine Verbitterung, wenn er im Fernsehen Nachrichten aus der Heimat sieht oder mit den Zurückgebliebenen telefoniert.

Wenn meine Brüder und ich ihn nachäffen, lächelt er geduldig: vor jedem Vokal ein »H«, kein Plural bekommt ein »S«.

»Ihr macht euch über mich lustig, aber ihr versteht mich ohne Probleme, oder?«, fragt er. Wir nicken. Wir bitten ihn, »American Airlines« zu sagen. Wenn er uns den Gefallen tut, kriegen wir keine Luft mehr vor Lachen.

Viele Jahre lang hatten wir gar nicht bemerkt, dass unsere Eltern mit Akzent sprachen und ihre Stimmen für feindselige amerikanische Ohren anders klangen. Wir hingegen hörten nichts als Heimat.

Aber dann kam uns die Welt dazwischen. Wie immer.

Voodookind

Meine College-Mitbewohnerin hat erfahren, dass ich Haitianerin bin, und weil sich das Internet in den Händen von Schwachköpfen befindet, glaubt sie seither, ich praktiziere Voodoo. Ich unternehme nichts, um ihre Befürchtungen zu zerstreuen, obwohl ich Katholikin bin und mein gesamtes Voodoo-Wissen aus einem Film mit Lisa Bonet stammt, über den sich Bill Cosby angeblich furchtbar aufgeregt hat (als hätte er das Recht, sich über irgendetwas oder irgendwen aufzuregen).

Nachts singe ich leise Beschwörungen und zünde Kerzen an. Tagsüber trage ich Rot und Weiß, bemale mir das Gesicht und tanze wie eine Besessene. Ich lasse eine kleine Stoffpuppe auf meinem Schreibtisch liegen. In der Puppe, die meiner Mitbewohnerin ähnlich sieht, stecken viele strategisch platzierte Nadeln. Ich liebe es, sie zu verarschen. Sie hat mir das größere Zimmer mit den besseren Möbeln überlassen, und in der Mensa bietet sie mir nach dem Essen an, mein Tablett in die Spülküche mitzunehmen.

Manchmal fahren wir mit dem Bus nach Manhattan und gehen shoppen, anschließend tanzen und trinken wir und reißen verdorbene New Yorker Jungs auf. Ich bin der Lieblingsdämon meiner Mitbewohnerin.

Als wir einmal die Grand Central Station verlassen, kommt eine dicke, ältere Frau auf mich zu, packt mich beim Arm und verbeugt sich hektisch.

Meine Mutter hat mir immer eingeschärft, dass man vor Verrückten am besten langsam zurückweicht; und die Verrückten sind überall. Als meine Mutter in die Staaten kam, wohnte sie im schlimmsten Viertel der Bronx, jenem Teil, der bis zur Unkenntlichkeit abgebrannt ist. Sie hat sich bis heute nicht davon erholt.

Dort, vor der Grand Central Station, krallte meine Mitbewohnerin ihre Finger in meinen Arm, bis ich blutete. Als wäre ich mit der Lage weniger überfordert als sie.

Im Zurückweichen merkte ich, dass die Fremde in Kreol auf mich einredete. Ich kannte sie, obwohl ich sie nie gesehen hatte. »*Ki sa ou vle?*«, fragte ich, und sie erklärte mir, ich sei eine berühmte Mambo-Priesterin. Es sei ihr eine große Ehre, mir hier in Amerika zu begegnen. Sie nahm mich bei den Handgelenken, küsste meine Handflächen und drückte sie sich an die Wangen. Ich glaube, sie wollte meinen Segen. Ich war mit den Gedanken bei den unanständigen New Yorker Jungs, die meine Mitbewohnerin und ich später kennenlernen würden.

Da ist kein »E« in
Zombi, was bedeutet,
dass es kein Du und
kein Wir geben kann

[EIN HANDBUCH]

[Was Amerikaner nicht über Zombis wissen:]
Sie sind nicht tot, sondern nur dem Tod sehr nah,
was nicht dasselbe ist.
Sie sind echt.
Sie essen kein Menschenfleisch.
Sie vertragen kein Salz.
Sie wanken nicht mit steif vorgereckten Armen
durch die Gegend.
Man kann sie retten.

[Wie das Wort Zombi ausgesprochen wird:]
Saahhnnnn-Bi. Man sollte es am Gaumen spüren.
Man sollte es zügig aussprechen.
Das »M« ist stumm. Gewissermaßen.

[Wie man einen Zombi macht:]
Zunächst einmal braucht man einen Grund. Einen
sehr guten.
Man braucht einen Kugelfisch und ein wenig Blut
und Haare des ausgewählten Kandidaten. 25

Anleitung: Töten Sie den Kugelfisch. Seien Sie dabei nicht zimperlich. Extrahieren Sie das Gift (Überlegen Sie sich was). Anschließend lassen Sie es trocknen. Zerstoßen Sie Blut und Haare zu Ihrem persönlichen Coup de Poudre (eine fähige Apothekerin kann Ihnen dabei helfen). Pusten Sie den Puder ins Gesicht des Kandidaten. Warten Sie ab.

[EINE LIEBESGESCHICHTE]

Micheline Bérnard war schon seit Ewigkeiten in Lionel Desormeaux verliebt. Ihre Eltern waren befreundet gewesen, jedoch hatte sich der joviale Umgang nie so recht auf die Kinder übertragen. Micheline und Lionel hatten zusammen die Grund- und dann die Sekundarschule besucht und sich ihr Leben lang gekannt. Wenn Lionel Micheline sah, überkam ihn ein Gefühl vager Vertrautheit. Wenn Micheline Lionel sah, überkam sie ein Gefühl absoluter Gewissheit, den Mann ihrer Träume vor sich zu haben. In Wahrheit waren alle in Lionel Desormeaux verliebt. Er war groß, hatte braune Haut, hohe Wangenknochen und volle Lippen. Wenn er nach einem langen Tag am Meer aus dem Salzwasser stieg, glitzerte sein muskulöser Körper. Micheline saß in einer der Strandhütten und war unsichtbar. Sie leckte sich die

Lippen, stierte und dachte bei sich: *Sieh mich an,* *Lionel!* Aber er tat es nie.

Lionels Gang war lässig. Er bewegte sich langsam, aber zielgerichtet, und wenn er vorbeiging, schworen manche Leute, sie hätten ein dumpfes Trommeln gehört. Seine Mutter, die ihren einzigen Sohn über alles liebte, sagte ihm immer: »Lionel, du bist der Sohn von L'Ouverture.« Er glaubte ihr. Er glaubte alles, was seine Mutter ihm erzählte. Zu seinen Freunden sagte er: »Mein Vater hat unser Volk befreit. Ich bin sein wichtigster Sohn.«

In Port-au-Prince gab es zu viele Frauen. Micheline wusste, dass es um Lionels Aufmerksamkeit einen harten Wettkampf gab. Sie war zierlich und attraktiv. Das Haar frisierte sie sich zu einem adretten Knoten, nur am Wochenende trug sie es offen. Wenn sie vorüberging, riefen die Männer: »*Quelle belle paire de jambes*«, was für schöne Beine, und Micheline genoss den Nervenkitzel von so viel Aufmerksamkeit. Freitagabends traf sie sich meistens mit ihren Freundinnen im *Oasis*, einem beliebten Nachtklub am Rand des Bel-Air-Slums. Sie trank fruchtige Cocktails, rauchte französische Zigaretten und trug einen Rock, der genau die richtige Länge Bein zeigte. Lionel war ständig von einem Mob aus Bewunderinnen umgeben. Er trug eine gebügelte Leinenhose und ein dunkles T-Shirt, das seine definierten Oberarme perfekt zur Geltung brachte, fläzte sich auf ein Sofa mitten im Raum und ließ sich Cola-Rum spendieren. Am Ende des Abends wählte er eine Frau aus, lud sie zu sich nach Hause ein, nahm sie gründlich ran und wünschte ihr am nächsten Morgen alles Gute. Der steinerne Pfad zu seiner Haustür war von salzigen Tränen und getragenen Slips der Frauen gesäumt, die Lionel erst versext und dann verstoßen hatte.

An ihrem Geburtstag beschloss Micheline, am Abend diejenige zu sein, die mit Lionel nach Hause ging. Sie schlüpfte in ein buntes, schulterfreies Kleid und tupfte sich Parfum überall dorthin, wo sie Lionels Lippen spüren wollte. Ihre High Heels waren so hoch, dass ihr Bruder sie auf dem Weg in den Nachtklub stützen musste. Als Lionel erschien und Hof hielt, sorgte Micheline dafür, dichter neben ihm zu sitzen als jede andere. Sie lächelte viel, krümmte ganz leicht die Schultern und beugte sich vor, damit er einen möglichst guten Blick auf ihre üppige Oberweite hatte. Als der Abend endete, nickte Lionel in ihre Richtung und sagte: »Meine liebe Micheline, heute Nacht sollst du die Zuneigung des wichtigsten Sohnes von L'Ouverture zu spüren bekommen.«

Im Bett verliebte Micheline sich heftiger in Lionel, als sie es sich hätte vorstellen können. Er kniete zwischen ihren Schenkeln und massierte ganz sanft ihre

Knie. Er strahlte sie an, und ein heller Lichtspeer fiel auf ihren Körper. Micheline streckte die Hände nach Lionel aus, berührte seine Haut und spürte ein Kribbeln. Als er in sie eindrang, zog ihr Herz sich so schmerzlich zusammen, dass sie fürchtete, sie müsse sterben. Er flüsterte ihr ins Ohr, und sein Atem war so heiß, dass sie Brandblasen davon bekam. Er sagte:»Alles auf dieser Insel ist mein. Du bist mein.« Micheline stöhnte:»Ich bin dein Sieg.« Er sagte:»Ja, heute Nacht bist du das.« Während er sie fickte, hörte Micheline das Wummern einer dumpfen Trommel.

Am nächsten Morgen begleitete Lionel sie nach Hause und gab ihr einen keuschen Kuss auf die Wange. Als er gehen wollte, ergriff Micheline seine Hand, drückte den Daumen auf seine Knöchel und sagte:»Heute Abend komme ich zu dir.« Lionel legte ihr einen Finger auf die Lippen und schüttelte den Kopf.»Nein, meine Liebe, wir hatten unsere Nacht.«

Lange Zeit schaffte Micheline es nicht, aus dem Bett aufzustehen. Sie musste immerzu an Lionels Berührungen denken, an seine Worte, und wie ihr Inneres sich an ihn geschmiegt hatte. Ihre Eltern riefen einen Arzt, dann einen Priester und am Ende eine Mambo. Letztere allerdings erst nach langem Zögern, schließlich waren sie gute Katholiken. Doch sie konnten den Anblick ihrer jüngsten Tochter, die reglos im Bett lag und weder sprach noch aß, nicht mehr ertragen. Die Mambo setzte sich an die Bettkante und schnalzte mit der Zunge. Sie befühlte Michelines schlaffes Handgelenk und fragte:»Die Liebe?«, und Micheline nickte. Die Mambo scheuchte die Eltern hinaus. Sie gingen freiwillig, denn sie waren überglücklich darüber, dass ihr Kind sich endlich rührte. Die alte Mambo beugte sich so tief hinunter, dass Micheline ihre trockenen Lippen am Ohr spüren konnte.

Als die Mambo gegangen war, nahm Micheline ein Bad und betupfte sich überall dort mit Parfum, wo sie Lionels Lippen spüren wollte. Sie ging ins *Oasis*, wo Lionel in der Mitte des Raumes saß und ein hellhäutiges, junges Ding auf den Knien hielt. Micheline stieß das Mädchen beiseite und nahm ihren Platz ein. Sie sagte:»Wir hatten unsere Nacht, aber wir haben eine zweite verdient«, und da erinnerte Lionel sich an ihr köstliches Stöhnen, an ihre drallen Oberschenkel, und wie sie den heldenhaften Eroberer in ihm gesehen hatte, der er tatsächlich war.

In der Nacht liebten sie sich, und Micheline war wie besessen. Sie krallte Lionel ihre Finger in die Schultern, bis er blutete. Sie verschränkte die Knöchel hinter seinem Rücken und versenkte die Zähne in seinem starken Oberarm. Die beiden tauschten keine Kosewörter aus. Am nächsten Morgen ging

Micheline nach Hause, noch bevor Lionel aufgewacht war. Sie eilte in die Küche, füllte den Mörser mit dem geronnenen Blut, das unter ihren Fingernägeln und zwischen ihren Zähnen klebte, gab ein paar Haare von Lionel hinzu und ein Pulver, das die Mambo ihr gegeben hatte. Sie zerrieb alles und füllte den sogenannten Coup de Poudre in ein Säckchen aus Seide. Sie lief zurück zu Lionel, der immer noch schlief, öffnete das Säckchen – und hielt inne. Sie strich ihm über Wangen und Kiefer und küsste ihn auf die Stirn, und dann pustete sie ihm den kostbaren Puder ins Gesicht. Lionel hustete im Schlaf und erschlaffte dann. Micheline zog sich aus, legte sich neben ihn und schob ihren Arm unter seinen. Sie küsste ihn in den Nacken und fühlte, wie sein Körper kälter wurde.

So ineinander verschlungen schliefen sie drei Tage lang. Lionels Haut wurde klamm und grau, seine Augen hohl. Nach einer Weile roch er nach Erde und dem salzigen Wind. Micheline wachte auf und flüsterte:»Dreh dich um und sieh mich an.« Lionel drehte sich langsam um und betrachtete sie aus weit aufgerissenen, starren Augen. Die körperliche Veränderung verschlug ihr den Atem. Sie sagte:»Berühr mich«, und Lionel grabschte mit schwerer Hand nach ihr, bis sie sagte: »Berühr mich zärtlich.« Sie sagte:»Setz dich auf.« Lionel gehorchte und schwankte von einer Seite zur anderen, sodass Micheline ihn stützen musste. Sie küsste ihn auf die schmalen Lippen und die dünnen Finger. Sein kalter Leib machte sie so traurig, dass es kaum auszuhalten war. Sie sagte: »Lächle«, und seine Lippen verzogen sich zu einer Grimasse, die vage an ein Lächeln erinnerte. Micheline dachte an das zweite Seidensäckchen, das daheim in der Bibel unter ihrem Kopfkissen steckte. Das Säckchen mit dem Puder, der Lionel in den Mann zurückverwandeln würde, der er gewesen war – hochgewachsen und energetisch, der wichtigste Sohn von L'Ouverture, der Mann, bei dessen Schritten die Erde donnerte wie eine Trommel. Sie zwang sich, den Puder zu vergessen und stattdessen den Mann in Erinnerung zu behalten. Sie legte eine Hand an Lionels spitzen Wangenknochen und sagte: »Liebe mich.«

Zucker

Meine Großmutter ist siebenundachtzig Jahre alt und hat ihrer Pflegerin einen neuen Namen gegeben. Der richtige Name der Frau gefiel ihr nicht, angeblich hinterließ er einen schalen Geschmack auf ihrer Zunge. Sie nennt die Pflegerin Maria, was bedeutet, dass wir anderen sie nun ebenfalls Maria nennen müssen. Maria erzählt mir die Geschichte jedes Mal, wenn ich meine Großmutter besuche. Meine Großmutter wohnt im Haus meiner Tante, gleich neben einer anderen Tante in einer Straße, in der ich noch weitere Tanten und auch ein paar Onkel habe. Wenn ich Maria begegne, sage ich ihr, dass ich über sie schon alles weiß, was es zu wissen gibt, denn im komplizierten Geflecht meiner Familie verbreiten sich Informationen verstörend schnell. »Über dich könnte ich dasselbe sagen«, antwortet sie. Bei ihren Blicken wird mir unwohl. Sie sieht mich an, wie ein Mann es tun würde.

Ich bin zu Besuch, weil meine Großmutter zu meiner Mutter gesagt hat, sie wolle nicht sterben, ohne ein letztes Mal ihre jüngste Enkelin gesehen zu haben. Solche Wünsche äußert sie ständig. Sie liegt seit fast zwanzig Jahren im Sterben. Andererseits lebt niemand ewig.

Maria hat einen dicken Hintern. Meine Großmutter sagt ihr das immer wieder, denn meine Großmutter hat ein Alter erreicht, in dem den Menschen jegliches Taktgefühl abhandenkommt. Obwohl meine Großmutter sich viele Gedanken um die Größe von Marias Hintern macht und sich zudem weigert, sie bei ihrem richtigen Namen zu nennen, kommen die zwei ganz gut miteinander aus. Maria behandelt meine Großmutter, als wäre sie ihre eigene. Jeden Abend vor dem Schlafengehen bürstet sie ihr das dünne, silbrige Haar. Sie diskutieren über die Sendungen, die sie im Fernsehen sehen. Sie reden über die Inseln, auf denen sie geboren wurden, über die warme Sonne, unter der sie damals lebten.

Am ersten Abend schläft meine Großmutter während der Fernsehnachrichten ein. Kriegsberichte erschöpfen sie. Maria und ich rauchen eine Zigarette im kleinen Hof hinter dem Haus und lehnen uns an die Ziegelmauer. Meine Großmutter hat nicht unrecht, was Marias Hintern betrifft, aber Maria ist trotzdem attraktiv, ein bisschen älter als ich, weiße Zähne, weiche, süßlich duftende, dunkelbraune Haut.

Ich frage nach ihrem richtigen Namen, aber sie winkt müde ab. »Nenn mich einfach Maria.«

Ihr Akzent klingt vertraut. Der Abend ist kalt und

jeder Atemzug schmerzt, denn unsere Insulanerinnenhaut ist die eisigen Temperaturen nicht gewohnt. Wenn Maria ausatmet, atme ich ein. »Arbeitest du gern in deinem Job?«, frage ich. Maria zuckt die Achseln und tippt etwas Asche von ihrer Zigarette. Ich kann die Konturen ihres Gesichts nicht mehr erkennen. Sie kommt näher heran und beugt sich vor, bis ich ihre Brüste an meinen spüre. »Arbeitest *du* gern in *deinem* Job?« Ich bekomme heiße Wangen.

Im Laufe der nächsten Tage entwickelt sich eine Routine. Wenn Maria eine Zigarette rauchen will, berührt sie mich an der Schulter und lässt die Finger einen Moment zu lange verweilen. Ich folge ihr dann in den Hof, wo sie mich zu meinem Leben ausfragt. Ihre Fragen tragen die Handschrift meiner Familie. Ich antworte ausweichend.

Am Freitagabend packt Maria ihre Sachen zusammen und die Nachtpflegerin kommt, eine weniger angenehme Frau. Sie macht es sich vor dem Fernseher bequem, gleich neben meiner schläfrigen Tante, deren feuchte Unterlippe herunterhängt. Maria nickt in Richtung Tür, ich folge ihr. Auf der Vortreppe sagt sie: »Ich koche«, und ich sage: »Ich esse.« Sie drückt mir einen fest zusammengefalteten Zettel in die Hand.

Darauf hat Maria in Druckschrift ihre Adresse notiert. Die Zahlen sehen so säuberlich aus wie auf einem Taschenrechner, selbst die Sechsen und die Neunen. Als ich dort ankomme, sind meine Fingerspitzen taub. Maria hat den Kittel gegen einen Jeansrock und ein rotes Trägertop aus Seide getauscht. Ich stehe verlegen im Hausflur und schiebe mir die Hände unter die Achseln.

»Du hättest nicht für mich kochen müssen. Das gehört nicht zu deinem Job.«

Maria legt den Kopf schief. Sie geht in die Wohnung, ich folge ihr. Die Räume sind klein, aber sauber. An den Wänden hängen viele Fotos, die meisten in Schwarz-Weiß. Wir gehen durch einen langen Flur in die Küche, die Luft dort ist warm und feucht. Meine Poren öffnen sich in freudiger Erwartung.

»Kann ich dir irgendwie helfen?« Maria zieht eine Augenbraue hoch und schüttelt den Kopf. Sie zeigt auf einen Stuhl, ich setze mich und ziehe mir die Jacke aus.

Ich besuche meine Angehörigen nicht oft. Ich bin jetzt schon erschöpft – sie sind in der Überzahl und furchtbar anstrengend, zerren mich in fleischige Umarmungen und uralte, kleinliche Fehden. In Los Angeles lebe ich in einem großen Loft mit einem Mann namens Campbell zusammen. Er arbeitet sehr viel. Er ist Agent und kümmert sich um seine auserlesenen, wahnsinnig berühmten Klienten. Er stellt sicher, dass sie wahnsinnig viel Geld verdienen, und verdient damit selbst wahnsinnig viel Geld. Wir sind verheiratet, und unsere Ehe ist schwierig, aber gut. Besser als gut. Als er mir den Antrag machte, sagte er, er könne mich verstehen. Er sagte, er verlange nur das eine von mir: ihn zu lieben. Und ich liebe ihn wirklich. Ich gehe keiner bezahlten Arbeit nach, obwohl ich mehrere Universitätsabschlüsse habe; auf Außenstehende wirkt mein Lebensstil vermutlich lächerlich, gelinde gesagt. Fünf Tage pro Woche helfe ich in einer Klinik aus, wo alle mich für einen weitaus besseren Menschen halten, als ich es tatsächlich bin. Wenn Campbell besonders spät nach Hause kommt, begrüße ich ihn mit einem Gin Tonic. Wir reden über seinen Tag. Ich frage ihn, ob er eine Pause von alldem braucht und ob ich ihm etwas von der Bürde unseres gemeinsamen Lebens abnehmen soll. Er drückt meine Schulter, küsst mich, trinkt einen großen Schluck und küsst mich noch einmal. Er sagt, er kümmere sich gern um mich.

Ich habe Campbell in der Notaufnahme kennengelernt. Er wirkte gehetzt und stand wild ins Handy tippend am Bett seines Klienten, einem auf Schurkenrollen abonnierten Schauspieler, den ich aus der Klatschpresse kannte und der jetzt leise stöhnend auf der Seite lag. Als er sich auf den Rücken drehte, sah ich eine große Beule an seiner Stirn, und daneben eine tiefe Platzwunde. Er stank nach Alkohol. Meine Schicht war lang und chaotisch gewesen, und das Letzte, was ich gebrauchen konnte, war ein betrunkener Schauspieler. Hat man einen behandelt, hat man sie alle behandelt. Mit einem schnappenden Geräusch zog ich mir ein Paar Einmalhandschuhe über und untersuchte den Patienten. Er machte einen anzüglichen Kommentar, ich gab ihm einen Klaps auf die Finger. Im Hintergrund standen drei Krankenschwestern und kicherten aufgeregt. Ich drehte mich um und funkelte sie böse an, aber sie konnten sich nicht zusammenreißen. Irgendwann sagte ich ihnen, ich würde das allein schaffen, und schloss die Vorhänge. Campbell sah mich an. Er hatte graue Augen. Ich war noch dabei, mich zu fragen, ob ich je einen Schwarzen mit grauen Augen gesehen hatte, als er den Mund aufmachte.

»Hören Sie, Doc«, sagte er, »am besten wäre es, wenn Sie ihn einfach zusammenflicken, kurz an den Tropf hängen und bald wieder gehen lassen. Keine Formulare, keine Krankenakte.«

Ich verengte die Augen. »*Doc*? Wir sind hier nicht im Fernsehen, sondern im Krankenhaus.«

Campbell kam ums Bett herum auf mich zu. Er war sehr groß und sah auf mich herab, aber ich 40 wich seinem Blick nicht aus. Er drückte meinen Arm.

»Spiel einfach mit, Schwester. Du weißt doch, wie das in dieser Stadt läuft.«

Ich machte mich los. »Ich bin nicht Ihre Schwester. Ich bin nicht aus dieser Stadt. Ich habe leider keine Ahnung, *wie das hier läuft.*«

Der Schauspieler fing an zu brüllen.

Stunden später war ich im Schwesternzimmer und erledigte Papierkram. Immer so viel Papierkram. Ich war müde und wollte nach Hause, ich wollte raus aus dem Kittel und heiß und lange duschen. Jemand tippte mir auf die Schulter. Ich drehte mich um und sah Campbell. Ich stand auf und holte tief Luft.

Er hob die Hände. »Ich komme in Frieden. Ich wollte Ihnen einen Waffenstillstand anbieten.«

Ich stemmte die Hände in die Hüften. »Wir werden Ihren Klienten für eine Nacht dabehalten, mindestens. Ich bin allerdings nicht mehr für ihn zuständig. Morgen ab zehn können Sie ihn besuchen.« Ich wandte mich wieder dem Papierkram zu.

Campbell lehnte sich an den Schreibtisch und verschränkte die Füße. »Tja, dann«, sagte er. »Was muss man tun, um Sie ohne diesen Kittel zu sehen?«

Ich sah nicht mal auf. »Nichts, wozu Sie fähig wären.«

Er atmete geräuschvoll aus und ging murmelnd hinaus. Was er sagte, war nicht nett.

»Ich habe das gehört«, rief ich ihm nach.

Wochen später hatte ich Nachtschicht. Zwei Uhr morgens, alles war ruhig, ich saß im Pausenraum. Den auf Schurkenrollen abonnierten Schauspieler und seinen Agenten hatte ich schon lange vergessen. Ich betrachtete den Joghurtbecher in meiner Hand. Der Inhalt war längst abgelaufen, aber ich aß ihn trotzdem. Ich wusste ja, was im schlimmsten Fall passieren würde. Campbell kam herein, und ich hob den Kopf, den Löffel noch im Mund.

»Sie dürfen hier nicht rein«, sagte ich und schluckte.

»Wenn ich Sie schon nicht ohne den Kittel sehen darf, werde ich mich damit trösten, Sie mit Kittel zu sehen.«

Ich versuchte, mir meine Nervosität nicht anmerken zu lassen. »Ihr Klient wurde längst entlassen. Ich wüsste nicht, was ich noch für Sie tun könnte.«

Campbell überreichte mir seine Visitenkarte. »Sie könnten mit mir ausgehen.«

Ich hielt die Karte ins Licht. »Soll das eine Drohung sein?« Ich warf die Karte gegen seine Brust, er fing sie auf und lachte.

»Was stimmt mit Ihnen nicht?«

»Ich bin eine humorlose Fachärztin in Ausbildung und arbeite neunzig Stunden pro Woche.«

»Was tun Sie in den übrigen achtundsiebzig Stunden?«

»Schlafen. Allein.«

Campbell rieb sich nickend das Kinn, dann setzte er sich aufs Sofa und schlug die Beine übereinander. »Sie stellen mich vor eine große Herausforderung. Wenn Sie neunzig Stunden pro Woche arbeiten und die restlichen achtundsiebzig schlafen, bleibt nicht viel Zeit für anderes.«

»Tut mir leid. Ich weiß nicht, was Sie von mir wollen. Soll ich mich Ihnen an den Hals werfen?«

Er klopfte neben sich. »Das wäre ein Anfang.«

Ich setzte mich auf einen möglichst weit entfernten Stuhl. »Nehmen wir mal an, ich würde mit Ihnen ausgehen. Sie laden mich zum Essen ein und danach vielleicht zu einer schicken Filmpremiere, wo Sie mich berühmten Leuten vorstellen. Wir landen im Bett. Ich bin zutiefst unbefriedigt. Wir versuchen es noch ein paarmal, aber irgendwann wird es Ihnen zu langweilig, denn ich bin ein denkendes Wesen. Dann wären wir am selben Punkt wie jetzt. Also lassen wir es einfach und tun so, als hätten wir es probiert.«

Campbell beugte sich vor und stützte die Ellenbogen auf die Knie. »Ihre Wut ist faszinierend.«

»Wieso glauben Männer immer, eine Frau wäre wütend, wo sie doch nur ehrlich ist? Ich bin nicht wütend.«

Er stand auf. »Darüber muss ich nachdenken«, sagte er und verschwand.

Ab da besuchte er mich so häufig, dass die ganze Notaufnahme darüber lachte. Meine Kollegen schlossen Wetten ab, wann ich nachgeben und mit Campbell ausgehen würde. Ich nannte ihn einen Stalker, er nannte mich hinreißend. Ich sagte, er sei ein überhebliches Arschloch, er pflichtete mir aus tiefstem Herzen bei. Ein Monat verstrich, und dann blieb er plötzlich zwei Tage am Stück weg. Ich blaffte die Schwestern an und schaffte es nicht, meinen Frust zu verbergen. Als Campbell am dritten Tag wieder auftauchte, zeigte ich ihm eine besonders kalte Schulter.

»Sie haben mich vermisst, oder?«, fragte er.

Ich studierte gerade die Röntgenaufnahme eines gebrochenen Beins, das ich gleich richten würde. »Ich habe keine Ahnung, was Sie meinen.«

Er nahm mir die Röntgenaufnahme aus der Hand. »Die Pflegerinnen sagen, seit meinem letzten Besuch wären Sie ziemlich reizbar.«

»Nur ein Mann mit Ihrer Arroganz würde das auf sich beziehen.«

Er grinste breit. »Dann stimmt es also.«

Ich riss ihm das Röntgenbild aus der Hand und schnitt mir dabei in den Finger. Ich hopste jaulend auf der Stelle und saugte an der Wunde.

»Zeig mal her, Heulsuse«, sagte er.

Zögerlich streckte ich den Arm aus. Campbell

nahm sanft mein Handgelenk, drehte es hin und her und betrachtete meinen Finger. Er verschwand und kehrte mit einem Pflaster zurück, das er vorsichtig auf den Schnitt drückte. Er küsste mich auf die Fingerspitze und sagte:»Ich war geschäftlich verreist. Filmfestival in Utah.«

Während ich das Pflaster untersuchte, fuhr er fort:»Sie sollten bald zur Nachkontrolle kommen. Beim Abendessen. Nicht hier.«

Ich nickte geistesabwesend.»Klar.«

Er stieß eine Faust in die Luft, und da erst bemerkte ich meinen Fehler. Der Chefarzt hatte den Jackpot gewonnen, nach siebenundvierzig Tagen.

Zu unserem ersten Date trafen wir uns in einem Bistro in Downtown L.A. Ich betrachtete Campbells Haaransatz, diese furchtbar attraktiven grauen Schläfen, mit denen manche Männer gesegnet sind. Er ist zehn Jahre älter als ich und war schon einmal verheiratet. Er wollte mir von seiner ersten Ehe erzählen, aber ich beugte mich vor und legte ihm zwei Finger an die Lippen.»Besser nicht. Wir sollten nicht hier sitzen und über Menschen reden, die wir früher mal geliebt haben. Ich bin es leid, mir anzuhören, was ihr Männer alles bedauert.«

Campbell riss die Augen auf und lachte schallend. »Was zur Hölle?«

»Soll ich dir wirklich von dem letzten Mann erzählen, mit dem ich geschlafen oder den ich geliebt habe? Den letzten drei?«

Er lehnte sich zurück und verschränkte die Finger hinter dem Kopf. »Nein«, sagte er schließlich. »Auf keinen Fall.«

»Da ist der Abend doch gleich viel schöner, findest du nicht?«

Bevor er antworten konnte, wurden wir vom Kellner unterbrochen, der mit Stift und Block am Tisch aufgetaucht war. Während Campbell die Muscheln bestellte, ließ er mich nicht aus den Augen.

Nach einem ausgedehnten Essen und einem Kinofilm brachte Campbell mich nach Hause. Vor meiner Tür stellte er sich dicht vor mich. »Ich muss schon zugeben, du hast mich ziemlich aus dem Konzept gebracht.«

»Gut«, sagte ich. Ich stellte mich auf die Zehenspitzen, biss ihn in die Unterlippe und schloss dann die Haustür auf. Ich hatte gar nicht gemerkt, dass er meine Hand hielt.

Beim zweiten Date sagte Campbell, er wolle mir jemanden vorstellen. Wir fuhren zum The Palm, wo der Parkwächter Campbell mit Namen begrüßte und ihm versicherte, sein Tisch sei bereit. Campbell hielt mir die Tür auf und legte mir eine Hand an den Rücken. Wir wurden zu einem Tisch in der Mitte des Restaurants geführt – eines Restaurants voller dünner, schöner Menschen, wie man sie typischerweise mit Los Angeles in Verbindung bringt. Einige kamen mir bekannter vor als andere. Viele Frauen hatten das gleiche Gesicht. An unserem Tisch saß eine Schönheit. Ich ließ mich auf meinen Platz sinken und erkannte sie sofort, sie war die Schauspielerin, für die es in diesem Jahr besonders gut lief, wenigstens hatte ich das im *People*-Magazin gelesen. Während der Flauten im Krankenhaus saß ich oft im Wartebereich und blätterte in Zeitschriften, die die Leute dort liegen gelassen hatten. Nur deswegen wusste ich überhaupt, was in der Welt so passierte. Die Schauspielerin streckte mir einen langen, gertenschlanken Arm entgegen.

»Ihre Hände sind unnormal weich«, sagte ich.

Sie lächelte. »Nichts pflegt die Haut besser als Jungfrauenblut.«

Ich tat so, als notierte ich es auf der Tischdecke. »Das muss ich mir merken.«

Campbell räusperte sich. »Therese, darf ich dir Melinda vorstellen, eine alte Freundin und Klientin. Melinda, Therese. Eine neue Freundin und keine Klientin.«

Wir nickten, und dann versteckte ich mich hinter der Speisekarte, einem riesigen, in Leder gebundenen Ding. Campbell sah mich über den Rand hinweg an. »Alles hier ist gut.«

»Ja, wenn man Fleisch isst.«

Er sah so betreten aus, dass er mir fast schon leid-tat.

»O Gott. Du bist Vegetarierin.«

»Wenn du aufgepasst hättest, wüsstest du das.«

Er dämpfte die Stimme. »Ich passe immer auf.«

Sein Handy klingelte. Er hob einen Finger und stand auf, um den Anruf entgegenzunehmen. Melinda ließ die Karte sinken. »Er hat nicht über-trieben. Du bist anders.«

»Sagt man.«

»Weißt du, er hat mich eingeladen, um dich zu beeindrucken.«

Ich nickte.

»Funktioniert es?«

»Kein bisschen.«

Der Kellner brachte eine Flasche gekühlten Cham-pagner an unseren Tisch. Er schenkte uns ein, Me-linda und ich hoben die Gläser und prosteten uns lächelnd zu.

Maria stellt einen Teller mit Hühnchen, Sauce, Reis und Erbsen vor mich hin und sagt, alle wären sehr stolz, eine Ärztin in der Familie zu haben. Ich verrate ihr nicht, dass ich Vegetarierin bin. Die Hühnerhaut glänzt. Ich schlucke die Übelkeit hinunter und binde mir die Haare zu einem Pferdeschwanz zurück.

Wir essen schweigend. Das Fleisch ist zart und salzig und zerfasert zwischen meinen Zähnen. Nach dem Essen trage ich die Teller zur Spüle und wasche sie ab.

»Ich arbeite nur ehrenamtlich«, sage ich. »Nicht in einer Praxis oder einem Krankenhaus.«

Maria lacht. »Eine Ärztin ist eine Ärztin ist eine Ärztin.«

Wir nehmen den Merlot mit ins Wohnzimmer. Je mehr Wein wir trinken, desto schwerer wird ihr Akzent. Meiner auch.

»Warum bist du Ärztin geworden?«, fragt sie.

Wenn man sich entschieden hat, einen so großen Teil seines Lebens einer einzigen, aussichtslosen Sache zu opfern, sind solche Fragen unausweichlich. Ich erzähle Maria die Wahrheit.

Wir sitzen so dicht nebeneinander, dass unsere Oberschenkel sich berühren. Mir wird schwindelig, mein Mund ist leer und voll zugleich.

»Deine Großmutter sagt, du warst nicht mehr hier, seit ...«

Ich schüttele den Kopf. »Bitte nicht.«

Maria seufzt. »Das muss schlimm gewesen sein.«

Ich drehe meinen Ehering und denke an meinen Mann, der mich, wenn wir auf dem Sofa sitzen, nie zum Reden zwingt. Manchmal mache ich mir Sorgen, ich könnte ihm zu still sein, aber er findet, dass ich rede, wenn ich muss. Wenn es unbedingt nötig ist.

»Deine Familie wünscht sich, du würdest mehr mit ihr reden«, sagt Maria.

Ich schenke mir noch ein Glas Wein ein, trinke es schnell aus und fülle es erneut. »Ich glaube, die reden auch ohne mich genug. Hast du mich deswegen eingeladen?«

Maria schüttelt den Kopf und zieht die Mundwinkel herab, aber ich bin nicht überzeugt. »Ich wollte dich nicht ärgern. Ich wollte nur, dass du weißt, was ich weiß.«

Ich lache heiser und neige mein Weinglas in ihre Richtung. »Was glaubst du zu wissen?«

Heimat ist eine Insel in der Karibik. Manche nennen sie ein Juwel. Jeder, der sie verlassen hat, nennt sie Heimat, aber die wenigsten von uns wollen dort leben, nicht unter den aktuellen Umständen. Früher bin ich regelmäßig hingeflogen, oft mit meiner Mutter, ich habe ihre Hand gehalten, wenn das Flugzeug durch die Wolken abwärtsschoss und es sich anfühlte, als würden wir gleich ins blaue Salzwasser fallen. Plötzlich tauchte ein schmaler Streifen Land vor uns auf, das Flugzeug landete sicher, alle an Bord atmeten erleichtert aus.

Mein Vater ist auf der Insel geblieben. Er sagt,

man könne von einem Menschen nicht verlangen, seine einzige Heimat zu verlassen. Meine Eltern sehen sich, wenn ihnen danach ist. Sie sind immer noch verheiratet, obwohl mein Vater eine jüngere Freundin namens Roseline hat und mit Roseline zwei kleine Kinder, Jungs, die sowohl sie als auch meine Mutter Mama nennen. Irgendwie funktioniert es. Meine Mutter hat einen Freund, der ist allerdings in einem angemessenen Alter. Mein Vater besitzt ein kleines Architekturbüro und verdient ganz gut. Als Vater ist er einigermaßen für seine Kinder da. Wir stehen uns nah.

Maria öffnet eine zweite Weinflasche.

»Warum hast du deine Insel verlassen?«, frage ich. Menschen, die Inseln verlassen, haben immer eine komplizierte Mythologie.

Sie lächelt. »Warum verlässt man so einen Ort?« Ihre Art bringt mich auf die Palme. Der Empfänger des Kabelfernsehens zeigt die Uhrzeit an, die Zahlen blinken grün. »Ich sollte gehen.«

Maria berührt mich am Oberschenkel. »Du solltest bleiben.«

Mein Mann und ich haben unter einem hauchdünnen Baldachin an einem Strand meiner Heimatinsel geheiratet. Er trug einen hellbraunen Leinenanzug und eine rosafarbene Krawatte. Sein Gesicht war gerötet und auf seinem Haaransatz standen Schweißperlen; er war die Hitze nicht gewohnt. Die Braut trug ein weißes, langes, ärmelloses Kleid. Ich war barfuß, zum großen Kummer meiner Mutter. Die Luft war schwer und roch nach Salz, der heiße Sand brannte unter den Fußsohlen. Als wir das Heiratsversprechen ablegten, hielten wir uns an den Händen und sahen einander ins Gesicht. Campbell überraschte mich, indem er seins in meiner Muttersprache aufsagte. Seine Lippen hatten Mühe, die Laute nachzubilden. Obwohl ich mir geschworen hatte, nicht zu weinen, konnte ich die Tränen nicht zurückhalten, und ich lächelte so breit, dass mir danach tagelang das Gesicht wehtat. Abends verteilte ich ganz vorsichtig etwas Zinklotion auf Campbells verbranntes Gesicht und murmelte ihm zärtlich ins Ohr. Melinda saß in der ersten Reihe neben einem Schauspieler, mit dem sie gerade einen Kinofilm drehte. Muskelprotze im dunklen Anzug patrouillierten am Strand und hielten nach Paparazzi Ausschau. Beim Empfang saß Campbells Familie schweigend an unserem Tisch, bis mein Vater Campbells Mutter zum Tanzen aufforderte. Bald darauf standen alle seine Verwandten auf der Tanzfläche, schwenkten Rumgläser und ließen die Hüften kreisen.

Melinda und ich schlichen uns kurz weg. Wir setzten uns ans Wasser, wo die Wellen über unsere Füße schwappten, und teilten uns eine Zigarette. »Ich kann nicht fassen, dass er dich rumgekriegt hat.« Sie lehnte sich zur Seite und stieß mich mit der Schulter an.

»Wenn er nicht gerade auf Mister Hollywood macht, ist er ganz erträglich.«

Melinda seufzte. »Wie hast du das geschafft?« Sie winkte müde zur Feier hinüber. »Die Männer, die ich kenne, können das einfach nicht abstellen.«

Ich nahm einen langen Zug. »Ich habe ihm von Anfang an klargemacht, dass mich nicht interessiert, wohin er mich mitnimmt oder wen er kennt. Als das geklärt war, fiel es mir sehr leicht, ihn zu lieben.«

Sie schob etwas feuchten Sand zu einem Haufen zusammen. Dann zog sie die Knie an die Brust und legte eine Wange darauf. »Lasst einander niemals los«, sagte sie.

Die Flitterwochen verbrachten wir auf einer Privatinsel vor der Küste. Es gab dort keine Fernseher, nur wenige Touristen und jede Menge Zeit, sich in der Sonne zu räkeln, brauner zu werden und unmäßig viel zu essen und zu trinken. Campbells Handy gehört praktisch zu seinen lebenswichtigen Organen, aber ich sagte ihm, falls ich es fände, würde ich darauf herumspringen. Er glaubte mir. Ich bin klein, habe aber große Füße. Campbell bastelte mir aus Palmwedeln ein winziges Boot und einen spitzen Hut, den ich zum Abendessen trug. Wir lutschten an Zuckerrohr, bis unser Mund von innen verschrumpelt war. Ich begrub ihn unter heißem Sand und neckte ihn dann, indem ich mich auf den Hügel legte und ihm die Zunge ins Ohr schob.

Fabien, einer der jungen Angestellten des Resorts, entwickelte eine Vorliebe für mich. Wenn Fabien mir durch die Gegend folgte, spielte Campbell den eifersüchtigen Ehemann. War er einmal nicht in der Nähe, fing Fabien sofort an, heftig mit mir zu flirten; er beugte sich herunter und ließ seine Fingerspitzen über meinen Arm tanzen. Aber er machte einen harmlosen Eindruck. Seine hellen Augen leuchteten. Als ich Campbell davon erzählte, mussten wir beide lachen.

Eines Abends lag Campbell quer auf dem Bett. Seine Lippen waren nass vom Rum. Weil wir unsere Drinks und uns selbst abkühlen wollten, schnappte ich mir den Eiskübel und ging zum Hauptgebäude. Mein ganzer Körper vibrierte vor Glück. Auf dem Rückweg schlang mir Fabien einen Arm um die Taille und versuchte, mit mir zu tanzen. Ein paar Eiswürfel fielen auf den warmen Fußweg. »Was willst du mit dem *Amerikaner*?«, fragte er, legte mir eine Hand an den Hintern, kniff zu und zog mich an sich. Seine Brust war eine flache, harte Muskelwand.

Ich machte mich los und zwang mich zu lachen. Ich sagte:»Nein, lass das, du bist nett, aber ich bin verheiratet.« Er versuchte, mich zu küssen. Seine Lippen waren dünn und salzig, ich schrie auf und biss zu. Fluchend las er einen Eiswürfel vom Boden auf und hielt ihn sich an die blutende Unterlippe. Ich drückte mir den Eiskübel an die Brust und rannte zu unserer Hütte, lief hinein und schlug die Tür hinter mir zu. Campbell hob den Kopf. Mit zitternden Händen schob ich den Riegel vor, stellte den Eiskübel auf die Kommode und kroch ins Bett. Er fragte, wo ich so lange gesteckt hätte. Ich starrte den Ventilator unter der Decke an.

»Du bist eine schöne Frau«, sagt Maria.

Ihre Sätze werden immer langsamer. Meine Gedanken auch. Wahrscheinlich fragt meine Tante sich, wo ich bleibe. Morgen früh wird sie keine Ruhe geben und wissen wollen, wo ich war und was ich gemacht habe.

Maria streicht mir mit einem Finger über die Schulter. Ich wehre mich nicht. »Deine Familie findet dich rätselhaft«, sagt sie, »aber ich habe das Gefühl, dich zu kennen.«

Sie küsst mich aufs Kinn.

Diesmal weiche ich zurück. »Ich bin verheiratet.«

Maria trinkt einen großen Schluck Wein, ihre

Zähne schlagen mit einem leisen Klirren gegen den Glasrand. »Zu Hause habe ich einen Ehemann. An sein Gesicht kann ich mich kaum noch erinnern.« Sie seufzt. »Es ist einsam hier.«

Ich ignoriere das Engegefühl in meiner Brust. »Es ist überall einsam.«

Maria küsst mich sanft auf die Stirn und bis an mein Ohr hinunter. Ich stehe auf und trete ans Fenster. Die Scheibe ist von einem dünnen Film aus Fett und Fingerabdrücken überzogen. Ich habe keine Ahnung, was hier vor sich geht. Ich verstehe meine Rolle nicht. Unten auf der Straße streitet ein Pärchen. Der Mann läuft vor einer Bank an einer Bushaltestelle auf und ab, die Frau kauert auf der Rücklehne und hat die wippenden Füße auf die Sitzfläche gestellt.

Ich lege zwei Finger an die Fensterscheibe. »Wir glauben wohl beide, einander zu kennen«, sage ich.

Für den Rest der Flitterwochen lauerte Fabien immer im Hintergrund. Sein Lächeln war nun kühl, seine Augen strahlten nicht mehr ganz so hell. Campbell und ich kehrten auf die Hauptinsel zurück und besuchten meine Eltern. Wir saßen bei meinem Vater im Garten und erzählten von den traumhaften Ferien. Ich musste daran denken, wie wir uns Nacht für Nacht unter dem Moskitonetz ausgetobt hatten und wie verrückt ich nach meinem Mann war, und die Hitze stieg mir ins Gesicht. Campbell griff nach meiner Hand, ich schob die Finger zwischen seine. Im Zentrum der Hauptstadt gibt es einen beliebten Markt. An unserem letzten Tag wollte mein Mann ihn unbedingt besuchen. Er sagte, er wolle sich »unter sein neues Volk« mischen. Ich verdrehte die Augen, willigte aber ein. Die Sonne stand hoch am Himmel und die Luft war so schwül, dass man bei jedem Schritt das Gefühl hatte, sie beiseiteschieben zu müssen. Wir gingen langsam, der Schweiß rann uns über Schläfen und Wangen, und unsere feuchte Kleidung klebte uns am Leib. Mein Mann kaufte mir ein Wassereis, das nach Granatäpfeln und Orangen schmeckte, und ich warf ihm kleine Bröckchen davon in den Nacken. Vor einem Stand mit DVD-Raubkopien blieb er stehen. Weil mir nach einer Weile langweilig wurde, strich ich ihm über den Rücken und sagte, ich wolle mich ein wenig umsehen. Alle paar Minuten drehte ich mich zu ihm um, woraufhin er lachend die Hand hob und winkte. Als ich mich zum letzten Mal umdrehte, hielt er einen Stapel DVDs in der Hand und reckte einen Daumen in die Höhe.

Im selben Moment schob sich ein Schwall aus Marktbesuchern zwischen uns und ließ die Distanz unüberwindlich erscheinen. Ich schlenderte langsam weiter und begutachtete Webteppiche, Cornflakesschachteln und Levi's-Jeans. Den Mann, der mich packte, sah ich nicht, aber am Ende der langen Reihe aus Ständen entdeckte ich Fabien, der breitbeinig dastand und die Lippen zu einem kleinen Lächeln verzog. Noch bevor ich einen Laut von mir geben konnte, presste der Mann mir eine Hand auf den Mund. Sie war so groß, dass sie fast mein ganzes Gesicht bedeckte. Ich hatte keine Ahnung, was vor sich ging. In dem Moment verstand ich nicht, was mit mir geschah. Ich strampelte und versuchte, ihn zu kratzen, aber es war zwecklos. Ich wurde vor den Augen der Marktbesucher entführt. Manche schüttelten mitleidig den Kopf, andere schauten weg. Meinen Mann sah ich erst drei Tage später wieder.

Wir hatten uns für die Hochzeit auf meiner Insel entschieden, weil ein Reporter auf CNN gesagt hatte, das Land sei viel sicherer als früher und die Strände mit bleichen Touristen aus Amerika und auch Kanada bevölkert. Die ganzen Schwierigkeiten, sagte der Reporter, würden bald eine ferne Erinnerung sein. Und ich wollte ihm glauben, denn ich hielt es für eine wunderbare Idee, den Mann, den ich liebte, auf der Insel zu heiraten, die meine erste Liebe gewesen war.

Im Morgengrauen, als die Luft beinahe kühl war und der Himmel so dunkelgrau wie Campbells Augen, wurde ich zu meiner Familie zurückgebracht.

Ich saß auf der Ladefläche eines Pick-ups und klammerte mich an rostiges Metall, während wir über buckelige Pisten rollten und ich hin und her geschleudert wurde. Vor dem Haus meines Vaters hoben die Kidnapper mich wortlos von der Ladefläche und setzten mich ab. Sie gaben mir einen kleinen Stoß in den Rücken und fuhren so schnell davon, dass der Schotter in die Höhe spritzte. Ich ging zitternd zur Tür und klopfte leise an. Ich wartete. In der Ferne schrie ein trauriger Hahn. Weil niemand aufmachte, klopfte ich fester und zuckte erschreckt zusammen. Meine Fingerknöchel waren wund. Irgendwann öffnete mir mein Mann. Er riss die Augen auf, breitete die Arme aus und sagte: »O mein Gott.« Ich legte ihm eine Hand an die Brust und schob ihn weg, zwängte mich an ihm vorbei, ohne ihn anzusehen, und schloss mich in unserem Zimmer ein. Ich lehnte mich von innen gegen die Tür, er stand auf der anderen Seite. Schon bald kamen meine Eltern dazu, und dann hämmerten sie zu dritt gegen das Holz und flehten mich an, sie hereinzulassen. Sie drohten damit, die Tür aufzubrechen.

»Bitte, seid still«, sagte ich. »Ich muss nachdenken. Bitte lasst mich nachdenken.« Als ich so weit war, holte ich tief Luft und öffnete die Tür.

Alle redeten durcheinander, ich verstand kaum ein Wort. 59

»Mir ist nichts passiert. Ein paar Männer haben mich vom Markt in eine Zuckerfabrik am Stadtrand verschleppt. Sie haben mir nichts getan.« Ich sah Campbell an. »Sie haben mich freigelassen, sobald ihr das Lösegeld bezahlt hattet.«

Mein Mann schüttelte langsam den Kopf. »Baby«, sagte er. »Baby.« Er nahm mich bei den Schultern und drehte mich sanft zum großen Spiegel an der Wand um.

Ich wusste nicht, wen ich da sah. Das Gesicht der Frau im Spiegel war angeschwollen und voller dunkler Flecken. Ihre Lippen waren wund und an einer Stelle aufgeplatzt. Das Tanktop war an der Taille mehrfach eingerissen, die Jeans verdreckt.

Ich schüttelte den Kopf. »Mir ist nichts passiert.«

Maria kommt ans Fenster. »Wie seltsam«, sagt sie, »zwischen so viel Stahl und Beton zu leben. Diese ganzen Häuser wirken irgendwie unecht.«

Ich zucke die Achseln. »Hast du Kinder?«, frage ich und sehe sie an.

Maria schüttelt den Kopf, geht zurück zum Sofa und lässt sich auf ein Kissen fallen, das einen Seufzer von sich gibt. »Noch nicht.«

Ich lege mir eine Hand an die Kehle und schlucke. »Ich habe einen Sohn. Er ist drei.«

Maria hustet. »Deine Familie hat ihn nie erwähnt.«

»Hast du es immer noch nicht verstanden, Maria? Meine Familie weiß nichts über mich.«

Der Chef der örtlichen Polizeiwache kam sofort vorbei. Ich sagte ihm, dass ich nichts wisse und ihm bei der Suche nach den Entführern nicht helfen könne. Er schien sich damit zufriedenzugeben, sprach aber trotzdem von laufenden Ermittlungen und von der Gerechtigkeit, der Genüge getan werde. Er trank Kaffee, aß süßen Kuchen und ließ die Schultern hängen. Er konnte nichts für mich tun, auch wenn er das Gegenteil behauptete. Während meine Eltern, mein Mann und der Polizeichef leere Phrasen über die Schlechtigkeit der Welt austauschten, entschuldigte ich mich, schloss mich im Bad ein, ließ eine warme Wanne einlaufen, legte mich hinein und schaute zu, wie mein getrocknetes Blut sich langsam auflöste und das Wasser rosa färbte. Ich schloss die Augen und ließ mich hineinsinken. Eine schwere, tröstliche Stille rauschte mir in den Ohren. Als Campbell mich fand, saß ich auf dem Bett und frottierte mir die Haare mit einem Handtuch.

»Du musst zum Arzt«, sagte er und setzte sich neben mich.

Ich rückte unwillkürlich von ihm ab. »Ich bin Ärztin«, sagte ich.

Später an dem Nachmittag flogen wir mit einer

Chartermaschine nach Manhattan. Eine Freundin von mir, die ich noch aus dem Medizinstudium kannte, arbeitete dort im Mount-Sinai-Beth-Israel-Krankenhaus. Das Flugzeug war gut ausgestattet – Ledersitze, lackierte Oberflächen und Alkohol, den ich in großen Mengen trank. Meine Haut, Muskeln und Knochen schmerzten. Wir schwiegen lange. Ich sah nicht aus dem Fenster.

Irgendwann räusperte ich mich. »Es dürfte nicht allzu kompliziert sein, die Ehe annullieren zu lassen.«

Campbells Züge verschoben sich zu harten Linien. »Wovon zur Hölle redest du?« Er schlug mit der Faust gegen die Kabinenwand. »Wovon, zur Hölle?«

Es war das erste und einzige Mal, dass er mir gegenüber laut wurde. Sein Ärger breitete sich in der Kabine aus, bis kaum noch Luft zum Atmen blieb. Ich hatte ein schmerzhaftes Klingeln in den Ohren und fing an zu zittern.

Er legte eine Hand auf meine. »Du bist meine Frau«, sagte er. »Bei mir bist du sicher.«

Ich blinzelte langsam.

Wenn ich im Krankenhaus mehrere Schichten am Stück arbeiten musste, hatte Campbell mir oft Kaffee, warmes Essen und sein Lächeln gebracht. Wir waren aufs Dach gestiegen, hatten uns auf Klappstühle gesetzt und Händchen gehalten. Manchmal stieß er mich zu Boden, zerrte mir die Arbeitshose bis an die Knöchel und blickte auf mich hinunter, während ich mich an ihn klammerte und in den nächtlichen Sternenhimmel starrte. »Ich liebe dich so sehr«, flüsterte er in meine Halsbeuge, wenn ich den Kopf zurückwarf.

An dem Tag im Flugzeug sagte ich: »Ich kriege keine Luft mehr. Ich kann nichts mehr tun.« Ich lehnte mich an ihn und drückte meine Stirn gegen seinen starken Arm. Ich hielt seine Handgelenke fest, damit er mich nicht umarmen konnte. Er flüsterte in meine Halsbeuge.

Maria und ich öffnen die dritte Weinflasche. Ich weiß nicht mehr, wann ich zuletzt so viel getrunken habe. Oder vielleicht weiß ich es doch. Mein Körper fühlt sich so lose an, als könnten einzelne Glieder abfallen.

»Mein Sohn ist sehr intelligent«, sage ich. »Er ist erst drei und versteht schon so viel. Am Tag seiner Geburt habe ich ihm in die Augen gesehen und sofort gewusst, dass er später einmal alles Mögliche verstehen wird.« Ich schlage die Beine übereinander und wippe mit dem Fuß. »Er hat eine Schwäche für Süßes, genau wie meine Großmutter. Wenn du ihm Süßigkeiten gibst, wird er dich für immer lieben. Er ist perfekt.«

Maria nickt und lächelt. »Warum hast du ihn nicht mitgebracht?« Anscheinend ist sie skeptisch.

Ich betrachte ein Gemälde, das über dem Fernseher an der Wand hängt. Eine Frau mit Flechtkorb auf dem Kopf, umgeben von metallisch glänzenden, geometrischen Formen. »Das geht nicht. Vermisst du deinen Mann?«

Maria schiebt mir eine Hand zwischen die Oberschenkel. Sie küsst mich auf Schulter, Hals und Wangen und streift mit ihren Lippen meinen Mund. »Ich habe Mittel und Wege gefunden, mich nicht einsam zu fühlen.«

Ich halte ganz still.

Als wir das Krankenhaus erreichten, wartete meine Freundin Natalya schon am Eingang. Ich ging langsam und auf den Arm meines Mannes gestützt. Sie führte uns in einen Untersuchungsraum. Ich blieb in einer Ecke stehen. Campbell wollte sich setzen, aber ich sah Natalya an und schüttelte den Kopf.

Sie sagte ihm lächelnd, er solle draußen warten.

»Ich lasse dich nicht allein«, sagte er zu mir.

Ich lehnte mich an die Wand. »Du sollst mich nicht mit anderen Augen sehen.«

Er ballte die Hände zu Fäusten. »Würde ich niemals.« Meine Knie waren kurz davor, nachzugeben.

Er streckte die Arme aus und sagte: »Du zitterst ja.«

Ich wich zurück. »Fass mich nicht an.« Ich wurde hysterisch, redete wirres Zeug.

Mein Mann wurde bleich. »Du hast Angst vor mir.« Natalya nahm ihn beim Ellenbogen und zog ihn sanft aus dem Zimmer. Ich wollte ihm etwas nachrufen, aber meine Kehle schnürte sich zu. Ich war stumm.

Später sagte er mir, er habe die ganze Zeit vor der Tür gestanden. Ich hatte es auch so gewusst. Natalya kehrte zurück. »Endlich allein«, sagte sie. Sie ist ein umgänglicher Mensch, alle kommen gut mit ihr aus, selbst die aufmüpfigen Medizinstudenten. »Gut, dass du zu mir gekommen bist. Du wirst es überleben.«

Ich lachte auf, dann schlug ich mir die Hand vor den Mund und schluchzte erstickt. Mein Gesicht war nass, meine Lippen salzig. Natalya umarmte mich und strich mir immer wieder übers Haar. »Schschsch«, sagte sie. Ich ließ mich gegen sie sinken.

Später, nach der Untersuchung, als mein verschreckter Körper die Wahrheit preisgegeben hatte, nach den Nadeln, die mir Blut abzapften und den riesigen Pillen, die kaum durch meine wunde Kehle rutschen wollten; nachdem man mir das Gesicht und die Brust genäht hatte und noch andere Stellen, von denen ich nicht gewusst hatte, dass man sie nähen kann; nachdem mein Handgelenk, dessen

Bruch sich auf dem Röntgenbild als scharfe Kontur zeigte, geschient und eingegipst worden war, sagte Natalya:»Ich werde nichts weiter dazu sagen, aber es tut mir leid, dass dir so etwas zugestoßen ist. Du kannst immer mit mir reden, wenn du möchtest oder musst. Was immer du brauchst.«

Ich wollte es ihr oder irgendwem erzählen, aber die Worte geronnen mir auf der Zunge, blieben dort kleben und verfaulten langsam.

Maria schiebt eine Hand unter mein Shirt und auf meinen Bauchnabel. Ihre Hand ist überraschend kalt. Ich atme langsam aus, die Hand wandert aufwärts. Als sie nach meiner Brust greifen will, schiebe ich sie weg.»Ich bin glücklich verheiratet«, sage ich.

Maria knabbert an meinem Ohrläppchen.»Ich auch.«

Ich stoße Maria von mir, stehe auf und sehe mich nach meiner Jacke um.»Das steht dir nicht zu.«

»Ich dachte, nach allem, was geschehen ist, sehnst du dich vielleicht nach den Berührungen einer Frau.«

»Du weißt nichts über mich. Mir ist nichts passiert.«

»Ich verstehe, warum du an dieser Version festhalten willst.«

Auf einmal füllt heiße Wut meinen Mund. Ich reiße

Maria vom Sofa hoch, packe ihre Hand und drücke sie mir in den Schritt. »Ist es das, was du willst?« »Deine Familie hatte recht. Du bist sehr kalt«, sagt Maria.

»Nur gegenüber denjenigen, die mich nicht kennen.«

Wir blieben nicht lange in New York. Ich wollte nach Hause. Melinda wartete in unserem Loft auf uns. Seit dem Krankenhausbesuch war ich verstummt. Campbell wollte mir helfen, es brachte ihn fast um den Verstand.

Als Melinda mich sah, schnappte sie nach Luft. Ratlos breitete sie die Hände aus. »Ich weiß nicht, was ich sagen soll.«

Mein Gesicht war erstarrt, alle Muskeln blockiert. Ich konnte ihr nicht in die Augen sehen.

»Sie spricht seit zwei Tagen nicht mehr«, sagte Campbell.

Ich ging an den beiden vorbei auf den Balkon und stand allein im schwindenden Licht.

Melinda kam zu mir heraus, aber ich ignorierte sie hartnäckig. Ich blickte auf die Straße hinunter und nahm tiefe Züge von meiner Zigarette.

Als sie endlich meinen Blick auffing, sagte sie nur: »Oh, Liebes.«

Anfangs verstand ich es nicht. Ich konnte nichts mehr bei mir behalten. Ich dachte mir, dass mein Körper wohl immer noch dabei war, sich zu erholen. Vier Monate nach den Flitterwochen waren die letzten Schrammen endlich verblasst, und ich ging wieder arbeiten. An einem Samstagmorgen machte Campbell Pancakes, während ich stumm am Küchentresen saß. Ich bat um einen Pancake, und er reichte ihn mir auf dem Pfannenwender. Ich zupfte den warmen Teig auseinander und sah Campbell lächelnd an, er lächelte zurück. Ich angelte mit den Füßen nach ihm, zog ihn zwischen meine Beine und fütterte ihn. Zum ersten Mal seit den Flitterwochen ließ ich mich umarmen. »Sieh dich an«, flüsterte Campbell in mein Haar. Ich küsste sein stoppeliges Kinn und seine Lippen, zaghaft zunächst und dann gar nicht mehr zaghaft. Mein Mund und mein Körper konnten sich an ihn erinnern. Er stöhnte und zerrte an meinen Kleidern, aber da krampfte sich mir der Magen unangenehm zusammen. Ich stieß Campbell weg.

Ich rannte ins Badezimmer. Während ich mich in die Toilettenschüssel übergab, dämmerte es mir, und es war die schlimmste Art von Wissen. Ich hatte die Tabletten genommen, es hätte nicht sein dürfen. Ich schlug mit Fäusten gegen den Toilettensitz.

Campbell beugte sich besorgt über mich. Ich

schaffte es nicht, ihn anzusehen. »Ich muss einen Schwangerschaftstest machen.«

Ich hob den Kopf. Campbells Augen leuchteten, ein Grinsen breitete sich auf seinem Gesicht aus und verwandelte sich dann in etwas anderes. Ich ging ins Schlafzimmer, zog mich an und verließ das Loft. Ich ignorierte mein Handy, irgendwann war der Akku ohnehin leer. Als es dunkel wurde, fuhr ich auf einen Walmart-Parkplatz und verriegelte die Türen von innen. Ich versuchte zu schlafen. Ich wollte das Kreischen in meinem Kopf abstellen.

Am darauffolgenden Morgen war es noch lauter, spitzer und unverwechselbarer. Meine Schläfen pochten. Ich ging in den Walmart, kaufte einen Test und verschwand in der dreckigen, feuchten Kundentoilette. In der letzten Kabine ging ich leicht in die Hocke und hielt mir das Stäbchen zwischen die Beine. Beim Pinkeln biss ich die Zähne aufeinander. Ich brauchte gar nicht hinzusehen, um zu wissen, wie das Ergebnis lautete. *Schwanger.*

Ich finde meine Jacke und bedanke mich für das Essen. Der Abend war lang und seltsam. Nervös nimmt Maria die Kette von der Wohnungstür. »Erzähl deiner Familie bitte nichts davon.«

Ich streife ihre Fingerknöchel sanft mit der Hand.

»Ich erzähle meiner Familie nie etwas.«

Draußen ist es noch kälter geworden, aber ich gehe trotzdem langsam. Die Straßen sind leer, ich bekomme Angst. Seit unseren Flitterwochen vor vier Jahren habe ich ständig Angst. Ich spüre eine schwindelerregende Furcht in meinem Hals. Ich habe vergeblich versucht, sie mir herauszureißen.

Mein Mann saß im Flur unseres Lofts. Er war unrasiert. In seinen Augen leuchtete Wut, und ein anderes Gefühl. Er betrachtete mich und sprach mit unangenehm ruhiger Stimme: »Nach allem, was passiert ist, hätte ich mir wirklich gewünscht, dass du anrufst, wenn du nicht nach Hause kommst.«

Ich wollte auf ihn zugehen, blieb dann aber stehen. »Das war mir nicht bewusst«, sagte ich. »Ich habe nicht nachgedacht.«

»Deine Pancakes sind kalt.«

Ich gab ihm das Teststäbchen. »Es könnte von dir sein.«

Er klopfte auf die Fliesen neben sich, und ich ließ mich langsam zu Boden rutschen. »Erzähl mir, was passiert ist. Wenn ich es weiß, kann ich dir helfen. Oder es versuchen.«

»Möchtest du es wissen, oder musst du es wissen?«

Campbell ließ seine Fingergelenke knacken. »Ich möchte. Weil es das Beste für dich ist.«

Wieder schnürte meine Kehle sich zu. Ich schüttelte den Kopf.

Ich sitze auf der kalten Betontreppe vor dem Haus meiner Tante und rufe Campbell an. Ich bin sehr betrunken.

»Kannst du herkommen?«, lalle ich.

»Was ist denn?« Seine Stimme klingt heiser und trocken.

»Campbell, ich habe einen Sohn.« Es tut gut, die Worte auszusprechen.

»Ja, wir haben einen Sohn.«

»Das war die perfekte Antwort.«

»Es ist die Wahrheit.«

»Ich habe zu viel getrunken, und eine Frau hat mich angemacht. Sie hat versucht, mich zu küssen. Es war eigenartig.«

»Und ich durfte nicht zuschauen?« Seine Stimme klingt ein bisschen klarer.

Ich muss lachen. »Du Schwein.«

»Alles okay? Hast du sie zurückgeküsst?«

»Ja. Aber nur ein bisschen, ohne Zunge. Ich habe wirklich viel getrunken.«

»Du bist ja so L.A.«

»Ich vermisse meinen Sohn mit jedem Atemzug. Und dich.«

Ich höre, wie Campbell sich bewegt. 71

»Ich bin bereit für ein zweites Baby.«

Ich schließe die Augen. Das Handy an meiner Wange wird warm.

»Bist du noch dran? Ich habe das nicht so gemeint.«

»Ich bin auch bereit«, sage ich leise.

Der Vaterschaftstest bestätigte meine schlimmste Ahnung. Ich konnte nichts mehr dagegen tun, aber ich wusste, behalten konnte ich es auch nicht. Eine Familie zu finden, die sich ein Baby wünschte, war einfach genug. Als ich den Bauch nicht mehr verstecken konnte, gab ich meinen Krankenhausjob auf, obwohl ich die Facharztausbildung gerade erst abgeschlossen hatte. Ich hätte nicht erklären können, warum Campbell und ich Kinder wollten, nicht jedoch dieses Kind. Ich wollte keine Fragen beantworten und nicht die glückliche Schwangere spielen oder über eine Zukunft reden, die ich nie erleben würde. Ich verkroch mich in unserem Loft. Campbell brachte mir unveröffentlichte DVDs mit. Ich kam zu dem Urteil, dass die Filme seit meinem Medizinstudium damals sehr viel schlechter geworden waren.

Wenn Melinda in der Stadt war, verbrachte sie viele Stunden bei uns. Sie versuchte, mich zum Reden zu bewegen, unterhielt mich mit Anekdoten von irgendwelchen Events und mit dem neuesten Klatsch von den Dreharbeiten. Ihren neuen Filmpartner beschrieb sie als brutal langweilig. Mein Bauch schwoll an. Das Baby war sehr aktiv, schwamm pausenlos umher, trat mich und zerriss mir das Herz. Anfangs hatte ich Campbell gesagt, ich wolle ausziehen, bis das Kind geboren sei. Er wusste das Angebot nicht zu schätzen, er lehnte es sogar ab. Er versuchte, zu mir durchzudringen, aber ich hatte ihn ausgesperrt. Wir lebten zusammen und doch getrennt. Ich weigerte mich, in den Spiegel zu sehen. Mein Körper war das schlimmste aller Gefängnisse, und absolut ausbruchssicher. Gegen Ende der Schwangerschaft überraschte Campbell mich einmal im Arbeitszimmer, wo ich mir den Bauch hielt und leise flüsterte. Da hatte ich das Baby zum ersten Mal berührt.

»Sieh dich an«, sagte er. »Du bist wunderschön.«

Ich nahm schnell die Arme herunter. »Das hat nichts zu bedeuten.« Ich eilte aus dem Zimmer und ließ ihn ratlos zurück.

Melinda war die einzige Person, die mit in den Kreißsaal durfte. Campbell war wütend, aber ich sagte ihm, er dürfe mit, wenn ich unser gemeinsames Kind zur Welt brachte. Ich wollte den Moment für ihn aufsparen. Meine beste Freundin hielt meine Hand und drückte mir einen kalten Lappen auf die Stirn. Sie sparte sich jedes Geplapper.

Ich habe keine Worte für dieses Gefühl, wenn man

ein Baby aus sich herauspresst. Bis zu meiner Entführung hatte ich es immer für den unvorstellbarsten Schmerz gehalten, den eine Frau erleiden kann, aber seither wusste ich es besser. Beim Gebären ist man willens, sich selbst zu zerbrechen. Man lässt zu, dass der eigene Körper auseinanderreißt. Ich war erschöpft und fühlte mich elend, doch ich klammerte mich bei jeder Wehe an das Wissen, dass ich bald frei sein würde. Ich musste das schreckliche Ding loswerden, das in mir steckte.

Die Hebamme legte mir das glitschige, quakende Kind auf die Brust, weil sie meine Akte nicht gelesen hatte. Darin stand, dass ich das Neugeborene nicht sehen wollte. Ich zwang mich, ihn anzusehen. Sein Kopf war von einer klebrigen Matte aus Haaren bedeckt, seine Arme wirkten sehr dünn. Am Ende war es der Anblick seiner Hände, der die harte Schale um mein Herz zersprengte. Winzige, gespreizte Finger reckten sich meinem Gesicht entgegen. Ich legte ihm eine Hand auf den kleinen Kopf und küsste seine Stirn. Er beruhigte sich, seine Lippen bebten. Ich wollte ihn in meinen Brustkorb schieben und noch einmal in mir tragen. Ich war verblüfft von ihm, meinem schönen Sohn.

»Ich brauche etwas Zeit mit ihm«, flüsterte ich vor mich hin, in der Hoffnung, sie würden mir den Wunsch erfüllen.

Sie tauschten Blicke aus, aber nachdem das Baby gesäubert und angekleidet war, legten sie es mir tatsächlich noch einmal in die Arme. Es starrte mich aus großen Augen an. Ich küsste seine weichen, warmen Wangen. Sie waren von einem sanften, leicht rötlichen Braun.»Ich hatte ja keine Ahnung«, sagte ich und drückte ihn so fest an mich, wie ich es wagte.»Ich hatte ja keine Ahnung, dass ich dich lieben würde.« Ich erkannte nichts von seinem Vater in dem Jungen wieder, rein gar nichts. Es war ein Segen.

Melinda schlich hinaus, und als die Tür sich wieder öffnete, sah ich Campbell. Er stürzte ans Bett und betrachtete das Kind aus großen, nassen Augen. Er legte seine Hand auf meine.

»Ich glaube, ich kann ihn nicht weggeben«, sagte ich mit brüchiger Stimme.»Es tut mir leid. Ich habe das nicht erwartet. Ich hatte keine Ahnung. Ich weiß nicht, was ich machen soll.« Ich fing an zu weinen, und dann stiegen laute Schluchzer aus mir auf. Ich trauerte um die Frau, die die letzten neun Monate auf dem klebrigen Boden einer Zuckerfabrik gelegen hatte, in der Hitze, in der Gewalt brutaler Fremder.

Campbell klappte das Gitter herunter und legte sich zu mir ins Bett. Er streifte die Schuhe ab, sie fielen mit einem lauten Schlag zu Boden. Er wischte meine Tränen so schnell auf, wie sie flossen. »Du musst ihn nicht weggeben«, sagte er.

Ich strich dem Baby über die Stirn. »Ich habe es nicht gewusst.«

Das Kind gähnte und schloss die Augen. Meine fielen ebenfalls zu.

Als ich aufwachte, war es draußen schon dunkel. Ich lag allein in einem Krankenzimmer. Ich erinnerte mich an das leichte, warme Baby auf meiner Brust. Seine Abwesenheit war unerträglich. Ich bekam Panik, setzte mich ruckartig auf, winselte vor Schmerzen. Ich drückte auf den Knopf, und ein paar Minuten später tappte eine müde Krankenschwester herein. »Mein Baby«, krächzte ich. »Haben sie ihn abgeholt? Ist es zu spät?«

Sie lächelte mich an. »Er ist im Säuglingszimmer, zusammen mit seinem Vater. Er wollte, dass Sie sich ausruhen. Sie kommen gleich zurück. Bei uns dürfen Sie das Baby über Nacht bei sich haben, wenn Sie möchten.«

Der Schmerz in meinem Brustkorb löste sich langsam auf. »Ja, das möchte ich.«

Ich setzte mich auf und ließ die Tür nicht aus den Augen. Das Warten erschien mir unendlich. Irgendwann kam Campbell herein, er schob ein Bettchen vor sich her. Darin lag das in eine blaue Decke gewickelte Kind. Es trug eine blaue Mütze und schlief tief und fest.

»Er hat gequengelt«, sagte Campbell, »da sind wir ein bisschen ins Säuglingszimmer gegangen.« Er hob den Arm und zeigte mir das Bändchen an seinem Handgelenk, das zu meinem und dem des Babys passte. »Ich habe jetzt auch eins. Und ich durfte ihm ein winziges Fläschchen geben, es war nicht größer als zwei Finger.« Mein Mann sah verändert aus, irgendwie weicher. Er konnte sein Lächeln nicht verbergen, er war völlig aufgekratzt.

»Was ist mit ...«

»Ich habe den Anwalt angerufen. Sie sind natürlich enttäuscht, aber es war immer damit zu rechnen. Leute in ihrer Situation wissen das.«

»Das war schrecklich von mir.«

»Nein, war es nicht. Ich habe es ihnen erklärt, so gut ich konnte.« Er legte dem Kind die Finger an die Stirn. »Ich habe Beziehungen«, sagte er. »Ich werde diesen Leuten helfen, so gut ich kann.«

Das Baby bewegte sich und gab ein hinreißendes, nasses Gurgeln von sich.

»Wir sind nicht bereit dafür. Wir haben keine Ahnung, wir haben ja nicht mal einen Kindersitz! Unsere Autos sind absolut nicht familientauglich. Es tut mir leid. Das hast du dir sicher anders vorgestellt.«

»Hör auf, dich zu entschuldigen. Ich habe es mir genau so vorgestellt.«

Ich zupfte an meinem Krankenhausarmband. »Du hast ja keine Ahnung.«

»Erzähl es mir.«

Ich zeigte auf das Baby. »Er darf es nie erfahren, Campbell. Niemals, hörst du?«

Mein Mann nickte.

Vorsichtig stieg ich aus dem Bett und ging zum Fenster. Ich spürte einen dumpfen Schmerz zwischen den Beinen.

»Du kannst die Augen nicht verschließen«, sagte Campbell.

Ich ignorierte ihn. »Ich dachte, ich könnte ihn niemals lieben. Ich dachte, er würde mich immer daran erinnern. Ich werde nie erfahren, wer es war. Ich will es gar nicht wissen.«

Sie brachten mich zu einer alten Lagerhalle und schubsten mich in einen leeren Raum. Der Boden klebte von süßem Schmutz. Ich konnte nicht mehr denken. Ich hatte Todesangst. Es war unsäglich heiß. Ich bekam kaum Luft. Stunden später erschien ein dicker, glatzköpfiger Mann. Er sagte, die Frau eines reichen Amerikaners sei viel Geld wert. Er befahl mir, mich auszuziehen. Ich wusste nicht, was ich tun sollte. Er schlug mir ins Gesicht. Ich sah ihm

in die Augen und versuchte zu verstehen, was für
ein Mensch er war. Es dauerte ihm alles zu lange, er
schlug mich abermals und boxte mich in den Bauch.
Meine Eingeweide verrenkten sich. Ich sagte, mein
Mann würde für mich bezahlen. Er riss mir die Kleider vom Leib und zerrte mich an den Haaren in eine
Lagerhalle, und darin war ein Berg aus Rohrzucker,
der fast die Decke berührte. Der Mann stieß mich
zu Boden, und der Zucker zerkratzte meine nackte
Haut. Er öffnete seine Hose. Ich bettelte. Ich konnte
nirgendwohin, da waren überall Männer.

Er legte sich auf mich und war so schwer. Bis heute
meine ich, seine nasse Haut an meiner zu spüren.
Wir sanken in den Zuckerberg ein. Bei jedem Stoß
stoben kleine Körnchen auf. Der Zucker schwebte
durch Säulen aus Sonnenlicht und sah wunderschön
aus, deswegen konzentrierte ich mich nur darauf.
Ich schaffte es nicht, die Augen zu schließen, so sehr
ich mich auch bemühte. Als ich schrie, rieselte mir
der Zucker auf die Zunge. Der Zucker unter mir ver-
mischte sich mit meinem Blut und wurde hart. Und
dann war da ein zweiter Mann und noch einer, einer
grausamer als der andere. Als es vorbei war, kroch
ich in eine Ecke und wartete. Am Ende war ich wild
und böse, ich kratzte und schlug nach allem, was
sich näherte. Danach brachten sie mich zum Haus
meines Vaters. Fabien saß neben mir auf der Lade-

fläche des Pick-ups. »Hättest du mir doch nur einen kleinen Kuss gegeben«, sagte er und lächelte wie ein schmollendes Kind. Er versuchte, mich zu küssen, und betatschte mich mit ungeschickten Händen. Ich sah rot. Ich kreischte und krallte die Hände in sein Gesicht und spürte, wie die Haut sich löste. Sie mussten den Pick-up anhalten und uns trennen. Fluchend stieg er in die Fahrerkabine. Ich betrachtete meine roten, wunden Hände, an denen ein Stück seiner Haut klebte. Ich klatschte sie von hinten ans Kabinenfenster. Er hielt sich die Wange und drehte sich um und starrte mich an. Ich schaute nicht weg.

Als ich fertig war, drehte ich mich zu Campbell um. »Ich wollte nicht meinen Sohn ansehen und daran erinnert werden. Ich wollte nicht, dass er mit weniger Liebe aufwachsen muss, als er verdient hat. Dass ich ihn hasse, denn auch das hat er nicht verdient.«

Campbell kniete sich neben das Bett. Er nahm meine Hände und küsste sie immer wieder. Er sparte sich die überflüssigen Worte und versuchte nicht zu ändern, was sich nicht ändern ließ.

Campbell steigt ins Flugzeug. Ich warte draußen auf dem Gehweg, bis die Limousine vorfährt. Campbell junior, C.J., steigt als Erster aus und reckt die Arme in die Höhe. Immer noch kann ich die Männer, die gewaltsam in mich eingedrungen sind, nicht in meinem Sohn erkennen. Hoffentlich bleibt es so. C.J. springt in meine Arme, ich lege ihm eine Hand an den Hinterkopf. Sein Schädel passt genau in meine Handfläche. Ich bekomme wieder Luft. Ich bedecke sein Gesicht mit Küssen, er kichert und sagt: »Mommy, Mommy, Mommy.« Campbell gibt dem Fahrer ein Trinkgeld. Ich greife nach seinem Shirt und ziehe ihn an mich. Als er mich küsst, bin ich zu Hause.

»Ich dachte schon, der Tag kommt nie«, sagt er. Ich schiebe eine Hand in die Gesäßtasche seiner Jeans und ziehe ihn noch enger an mich. »Ich bin bereit.«

Als wir ins Haus kommen, ist Maria erschreckt. »Du hast einen Sohn«, sagt sie verwirrt.

Campbell hält ihn auf dem Arm, unser Junge ist müde vom langen Flug und lässt die Arme hängen.

»Habe ich doch gesagt.«

Sie räuspert sich. Ich weiß nicht, was sie von mir will, oder wer ich in ihren Augen sein sollte. Sie mustert Campbell, dann wendet sie sich an mich und sagt in unserer Muttersprache: »Du hast einen alten Mann geheiratet.« Am liebsten würde ich ihr die Augen auskratzen. Ich hake mich demonstrativ bei Campbell unter. Maria sagt: »Ich muss nach deiner Großmutter sehen.«

Als sie hinausgeht, stupst Campbell mich mit dem Ellenbogen an. »So alt bin ich gar nicht. Und sie hat einen fetten Arsch.«

Abends sitze ich mit meiner Großmutter zusammen. Ich habe C.J. auf dem Schoß und genieße seinen Duft, sein Glück.

»So ein schönes Kind«, sagt sie. Ihre Augen sind milchig. Ich halte ihre Hand und spüre die zerbrechlichen Knochen unter der Haut.

»Ich wollte, dass du ihn kennenlernst.«

C.J. klatscht in die Hände und singt ein Lied, das ich nicht kenne. Er singt sehr gern. Manchmal hören Campbell und ich durchs Babyfon, wie er in seinem Zimmer sitzt und singt. Dann können wir nicht aufhören zu lachen.

»Möchtest du deiner Urgroßmutter ein Küsschen geben?«, flüstere ich ihm ins Ohr.

Er nickt höflich, beugt sich vor und drückt ihr einen lauten, feuchten Kuss auf die Wange. Er zappelt sich aus meinen Armen frei und läuft weg.

»Campbell«, rufe ich. »Er kommt rüber zu dir!« Ich halte die Luft an, bis ich Campbell knurren höre, und dann auch C.J. – sie machen das immer, und ich tue so, als verstünde ich es nicht. Ich kann meinen Sohn immer noch im Zimmer spüren. Ein Teil von ihm ist immer bei mir.

Meine Großmutter beugt sich herüber und raunt,

meine Tante bestehle sie. Ich höre aufmerksam zu. Ich nehme sie ernst. Sie hat keinen Zugriff mehr auf ihr Geld, weil sie es Maria geben würde, damit die ihr Kuchen und Konfekt kauft. Süßem konnte sie nie widerstehen, und Maria ist bestechlich. Wie mein Sohn hat meine Großmutter eine ausgeprägte Schwäche für Zucker.

Billig, schnell,
macht satt

Nachdem Lucien über Kanada in die USA gekommen ist – eine illegale, aber sagenhaft ereignislose Einreise – und sich per Anhalter bis nach Miami durchgeschlagen hat, drückt ihm sein Cousin Christophe, selbst erst seit einigen Jahren in Florida, einen Fünfzigdollarschein in die Hand und rät ihm, sich bis zum ersten Job von Hot Pockets zu ernähren, denn die sind billig, machen satt und schmecken gut. Lucien schläft auf dem Boden in einer Wohnung, die er sich mit fünf anderen teilt, Männer wie er, die alle so tun, als wäre ihr Leben jetzt viel besser als vorher. In der kleinen Küche gibt es einen Elektroherd mit zwei Kochplatten und eine Mikrowelle, die nur selten gesäubert wird. Christophe erklärt Lucien, wie einfach und schnell sich Hot Pockets zubereiten lassen.

Lucien ist in die Vereinigten Staaten gekommen, weil er *Miami Vice* liebt. Er liebt die schicken Anzüge von Tubbs und Crockett, und ihren Swag. Er stellt sich Miami als einen perfekten Ort vor, wo es für alle Probleme eine Lösung gibt und schöne Frauen, so weit das Männerauge reicht. In der weiterführenden Schule träumte Lucien ständig von Miami, sodass die Nonnen die Stirn runzelten und mit dem Lineal auf sein Pult schlugen. Er hat das Miami seiner Träume noch nicht gefunden, aber er weiß, es existiert. Es kann nicht anders sein.

Luciens Wohnung liegt in Pembroke Pines, eine Weltreise entfernt von Little Haiti und allem, was die fremde Stadt vertrauter machen würde. Jeden Morgen um fünf steht er auf, duscht und zieht sich an. Die sechseinhalb Kilometer zum Home Depot am Pines Boulevard geht er zu Fuß und wartet dann auf Handwerker, die auf der Suche nach billigen Arbeitskräften über den Parkplatz streifen. Auf diesem Immigrantenbasar findet er sich zwischen Mexikanern, Guatemalteken und Nicaraguanern wieder, manchmal sind auch ein paar Chinesen dabei. Sie werfen sich in die Brust und versuchen, stark auszusehen, in der Hoffnung, ein langer weißer Finger möge in ihre Richtung zeigen. Drei- oder viermal in der Woche hat er Glück. Dann nimmt er seinen Werkzeuggürtel, schwingt sich auf die Ladefläche eines Trucks und genießt die frische Morgenluft auf der Fahrt zu einem der großen Häuser, die Weißen gehören und von Gittern umzäunt sind, damit Menschen wie er nichts daraus klauen. Lucien hat in seinem ganzen Leben noch nichts geklaut.

Einmal pro Woche kauft er sich eine Telefonkarte

für fünfundzwanzig Dollar, damit kann er achtundzwanzig Minuten lang telefonieren. Er ruft zu Hause an und spricht mit seiner Mutter, seinem Onkel, seiner Frau und seinen vier Kindern. Er erzählt ihnen ellenlange Märchen aus seinem neuen Leben – wie er eine Wohnung mit einem eigenen Zimmer für jedes Kind gefunden hat, mit Klimaanlage, damit sie kühle, trockene Luft atmen können. Vor dem Haus gibt es grünen Rasen und dahinter einen Pool, neben dem seine Frau in der Sonne liegen wird. Seine Kinder, zwei Jungen und zwei Mädchen und keines älter als zehn, balgen sich um seine Aufmerksamkeit. Er bemüht sich, sie durch das Rauschen in der Leitung zu verstehen. Sie erzählen von der Schule, von ihren Freunden und dem UN-Soldaten, der jetzt bei ihnen zur Untermiete wohnt und ihnen brasilianische Schimpfwörter beibringt. Wenn die Telefonminuten sich dem Ende neigen, scheucht seine Frau die Kinder aus dem Zimmer, in dem sie alle gemeinsam schlafen. Sie sind allein, haben aber keine Zeit für Zärtlichkeiten. Luciens Frau flüstert, dass er ihr mehr Geld schicken muss, dass sie kein Wasser mehr haben und nichts zu essen. Sie will wissen, wann er sie und die Kinder nachholt. Er lügt und sagt, er tue, was er kann. Bald, sagt er.

Freitags holt Christophe ihn mit dem Truck ab, den sein Chef ihm übers Wochenende überlässt. Sie fahren zu Privatpartys in Little Haiti, hören Kompa und trinken Rum, denn sie sind Haitianer. Sie philosophieren über die Probleme in der Heimat, und wie man sie lösen sollte. »Haiti«, pflegte Luciens Vater früher zu sagen, »ist ein Land mit sieben Millionen Diktatoren.« Manchmal findet Lucien am Ende des Abends Trost in den Armen einer Frau, die nicht seine ist. Er begleitet sie nach Hause, und dort in der Dunkelheit fasst er ihre Brüste an und hört ihre Atemzüge, er küsst ihren Hals und ihre Schultern, leckt ihr das Salz von der Haut und bildet sich ein, dass sie nach Heimat schmeckt.

Um die Ecke von seiner Wohnung gibt es einen 7-Eleven. Wenn er nicht schlafen kann, geht Lucien manchmal hinüber, weil es da hell und kühl ist und man Hot Pockets kaufen kann. Der Mann, der nachts dort arbeitet, stammt ebenfalls aus Haiti. Er versteht, warum Lucien langsam zwischen den Regalen auf und ab geht und in aller Ruhe die tadellos verpackten Produkte begutachtet. Als er vor Jahren in Miami ankam, hat er dasselbe getan. Lucien überlegt sich, welche Süßigkeiten er seinen Kindern kaufen würde, wären sie jetzt hier, und wie schön es wäre, sie ein Twix oder ein KitKat essen zu sehen. Bevor er den 7-Eleven verlässt, kauft Lucien zwei warme Hot Pockets aus der Mikrowelle und einen Super Big Gulp. Er geht nach Hause und setzt sich vor dem Gebäude auf den Bordstein, um allein zu sein. Er trinkt langsam, so langsam, dass kein Eis mehr im Becher ist, wenn er endlich wieder aufsteht. Die eine Hot Pocket isst er, die andere hält er einfach nur fest. Er spürt die wohltuende Wärme und meint, die ganze Welt in den Händen zu halten.

Wie Wasser oder Licht

Meine Mutter wurde in einem Fluss gezeugt, der als Río Masacre bekannt ist. Der beißende Geruch des Bluts verfolgt sie bis heute. Als sie in die Vereinigten Staaten kam, hat sie das ganze Wörterbuch gelesen, von Anfang bis Ende. Schnell wurde ihr Wortschatz beeindruckend groß. Ihr Lieblingswort ist *fluten*: in großer Menge [plötzlich herein]strömen, wie Wasser oder Licht. Wenn sie versucht zu erklären, auf welche Weise der Blutgeruch sie verfolgt, sagt sie, er flute ihre Sinne.

Meine Großmutter kannte meinen Großvater nicht einmal für einen Tag.

Mein Wissen über meine Familiengeschichte ist lückenhaft. Wir sind die Hüterinnen von Geheimnissen. Wir sind selbst ein Geheimnis. Wir versuchen, einander vor dem Reich des großen Kummers zu schützen, meiner Erfahrung nach mit wenig Erfolg.

Als junge Frau hat meine Großmutter auf einer Zuckerplantage in Dajabón gearbeitet, der ersten Stadt hinter der Grenze zur Dominikanischen Republik. Sie teilte sich eine Hütte mit fünf anderen Frauen, die sie allesamt nicht kannte, und schlief auf einer

Strohmatte, unter der sie ihren Rosenkranz, ein Medaillon mit einem Porträt ihrer Eltern und ein Foto von Clark Gable aufbewahrte. Weil sie kaum Spanisch sprach, blieb sie meistens für sich. Sie verbrachte lange Tage unter der heißen Sonne, die ihre Haut zu Ebenholz verbrannte und ihre Haare weiß bleichte. Wenn sie am Abend zu ihrer Unterkunft zurückging, hörte sie die Leute tuscheln und fing ihre Blicke auf. Man hielt sich von ihr fern. Alle hatten Angst vor der Dunkelheit in ihr und um sie herum. Man sah in ihr einen Dämon und nannte sie *la demonia negra*.

Nach dem Abendgebet und einer kurzen Träumerei von Port-au-Prince, wo sie faule Nachmittage am Strand verbracht und *Die Meuterei auf der Bounty*, *Es geschah in einer Nacht* und *Goldfieber* im Kino gesehen hatte, und nach einer weiteren kurzen Träumerei von Clark Gable und seiner warmen Umarmung zerriss meine Großmutter eines ihrer alten Kleider in lange Streifen und verband sich damit die Kratzer und Schnittwunden, die sie sich während des langen Tages auf der Plantage zugezogen hatte. Anschließend fiel sie in einen traumlosen Schlaf und sammelte den Mut, den sie brauchte, um am nächsten Morgen wieder aufzuwachen. In einer anderen Zeit war sie von ihren Eltern geliebt worden und hatte gut gelebt, aber dann waren sie gestorben und hatten ihr nichts hinterlassen. Wie viele Haitiane-rinnen ging sie in die Dominikanische Republik und hoffte auf einen Neuanfang. Mein Großvater arbeitete auf derselben Plantage. Er war ein großer, starker Mann. Wenn meine Großmutter nachts nicht schlafen kann, schenkt sie sich ein Glas Cola-Rum ein und erzählt davon, wie ihre Hände sich bis heute an die harten Muskelstränge seiner Schultern und Oberschenkel erinnern. Er hieß Jacques Bertrand. Er wollte Schauspieler werden. Sein strahlend weißes Lächeln hätte ihn zum Star gemacht.

Meine Großmutter wird ebenfalls von Gerüchen verfolgt. Den Geruch von süßen Sachen kann sie nicht ertragen. Wenn die Luft süßlich riecht, schürzt meine Großmutter die Lippen, zieht mit einem tschilpenden Geräusch Luft durch die Zähne und schüttelt missbilligend den Kopf. Wenn wir zu unserem Strandhaus in Montrouis fahren, schließt sie unterwegs die Augen, weil sie weder die Felder der Zuckerrohrplantagen sehen will noch die wettergegerbten Männer und Frauen, die mit stumpfen Macheten auf die Stängel einschlagen. Beim Anblick eines Zuckerrohrfeldes schießt ihr ein stechender Schmerz durch die Schultern in den Rücken. Ihr Körper kann die geleistete Arbeit nicht vergessen.

Heute ist der Río Masacre so flach, dass man zu Fuß hindurchwaten kann, aber im Oktober 1937 war er ein tiefer, schneller Strom. Die Unruhen dauerten seit Tagen an. Dominikanische Soldaten, fest entschlossen, ihren Staat von der haitianischen Plage zu befreien, zogen in mörderischem Hass von einer Plantage zur nächsten. Meine Großmutter hatte keine Wahl, als den heißen Tag auf dem Zuckerrohrfeld zu verbringen und die Zeit in Machetenhieben zu zählen. Sie betete, dass der Aufruhr an ihr vorbeigehen würde.

General Rafael Trujillo hatte alle Haitianer des Landes verwiesen und seinen Soldaten befohlen, sämtliche Menschen mit zu dunkler Haut zu verhören, all jene, die aussahen, als gehörten sie möglicherweise auf die andere Seite der Grenze. Derselbe General, der den Genozid mit dem biblischen Buch der Richter rechtfertigte und die deutsche Industrie auf die Insel holte.

Die Soldaten kamen auf die Plantage, auf der meine Großmutter arbeitete. Sie hatten Gewehre. Sie waren grausam, brüllten wütend herum und erlaubten sich alles. Eine der Frauen, mit denen meine Großmutter sich die Hütte teilte, verriet den Soldaten, wo meine Großmutter sich versteckte. Über das, was danach geschah, sprechen wir nie. Die hässlichen Details stecken in den Lücken unserer Familiengeschichte. Wir selbst sind das Geheimnis.

Am Ende fand meine Großmutter sich im Fluss

wieder. Sie versteckte sich an einer seichten Stelle und wagte kaum zu atmen, während die marodierenden Soldaten die schlammigen Ufer durchkämmten. Einmal drehte sie sich auf den Rücken und tauchte unter, bis ihr ganzer Körper von Wasser bedeckt und jede Pore geflutet war. Sie tauchte erst wieder auf, als sie das Klingeln in den Ohren nicht mehr aushielt. Der Mond stand hoch am Himmel, die Nacht war kalt. Sie roch das Blut im Wasser. Meine Großmutter trug nichts als ein dünnes Kleid, das ihr am Leib klebte. Sie war barfuß. Ein aufgedunsener Leichnam trieb langsam vorbei, dann ein Arm, ein Bein und etwas, das sie nicht erkennen konnte. Sie schlug sich eine Hand vor den Mund. Statt in die gähnende Leere schrie sie nach innen, in die eigene Haut.

Der tüchtige Arbeiter Jacques Bertrand, der Schauspieler werden wollte, entkam und stieg in den tiefen, schnellen Fluss. Er schob sich durchs Wasser und entdeckte meine Großmutter. Er tippte ihr auf die Schulter, und anstatt sich abzuwenden, öffnete sie ihm jenen Teil ihrer selbst, der noch nicht taub vor Angst war. Sie sah ihre Angst in seinen Augen gespiegelt und war beruhigt. Sie legte die nasse Wange an sein nacktes Brustbein. Sie atmete langsamer, bis sie sich seinem Rhythmus angepasst hatte. Sie hörte sein pochendes Herz als Hallen unter den Rippen.

»Ein Engel«, sagte sie zu mir. »Ich dachte, er wäre ein Engel und gekommen, um mich von jenem dunklen und schrecklichen Ort zu erretten.«

Meine Großeltern schmiegten sich heftig zitternd aneinander, ihre Haut wurde immer schrumpeliger. Der tüchtige Arbeiter Jacques Bertrand, der Schauspieler werden wollte, schlang die Arme um meine Großmutter und flüsterte ihr stockend seine Lebensgeschichte ins Ohr. »Ich will, dass sich jemand an mich erinnert«, sagte er. Sie nahm sein Gesicht in beide Hände, strich mit den Daumen über seinen kantigen Kiefer und küsste ihn sanft auf den Mund. Sie fuhr mit Fingerspitzen über die Narben an seinem Rücken, die sich erhoben wie winzige Brücken, und sagte: »Jemand wird sich an dich erinnern.« Sie erzählte ihm ihre Lebensgeschichte und bat ihn, sie nicht zu vergessen.

Bis heute hört meine Großmutter die Schreie der Sterbenden aus jener Nacht. Sie erinnert sich an den stumpfen, nassen Klang der Macheten, die Fleisch und Knochen zerhacken. Ihr einziger Schild gegen das Entsetzen war dieser Mann, den sie nicht kannte und dessen Rücken mit vielen Brücken vernarbt war. Die intimen Einzelheiten kenne ich nicht, aber dort wurde meine Mutter gezeugt.

Am Morgen, umgeben von der Stille und dem Gestank des Todes, krochen meine Großeltern aus dem

Fluss, der über Nacht zu einem feuchten Grab mit fünfundzwanzigtausend Leichen geworden war. Der Río Masacre hatte sich seinen Namen abermals verdient. Die beiden, durchnässt und steif und kurz vorm Fiebern, schleppten sich nach Ouanaminthe. Sie waren in der Heimat. Sie waren fern der Heimat. Meine Großmutter und mein Großvater nahmen sich bei der Hand und flüchteten in eine verlassene Kirche. Sie fielen auf die Knie und beteten, und ihre Gebete verwandelten sich in etwas, das so ähnlich war wie Trost.

Bei Einbruch der Nacht erreichten die dominikanischen Soldaten Ouanaminthe, wo sie eigentlich nichts zu suchen hatten. Mein Großvater wurde ermordet. Er rettete meine Großmutter, indem er sich drei Soldaten entgegenstellte und ihr damit Zeit für die Flucht verschaffte. Jacques Bertrand starb mit dem Wunsch, jemand möge sich an ihn erinnern, deswegen blieb meine Großmutter in der Nähe der Trauer und suchte sich einen Job als Haushälterin eines Grundschuldirektors. Nachts schlief sie in einem der leeren Klassenzimmer. Sie brachte meine Mutter zur Welt, und später heiratete sie den Schuldirektor, der das Kind als sein eigenes annahm. Abends ging meine Großmutter mit meiner Mutter an den Fluss und erzählte ihr die Geschichte ihrer Empfängnis. Meine Großmutter kniete sich ans Ufer und ihre Knie versanken im Schlamm, während sie sich Wasser in den Mund schaufelte. Sie trank Erinnerungen.

Als meine Mutter zwölf wurde, zog sie mit meiner Großmutter und dem Schuldirektor nach Port-au-Prince. Die Schule war geschlossen worden, und der Schuldirektor hatte eine neue Stelle in der Hauptstadt angenommen. Anfangs weigerte meine Großmutter sich, die Erinnerungen zurückzulassen, aber der Schuldirektor setzte sich durch. Sie war seine Frau. Sie würde ihm folgen. Meine Mutter weiß noch, wie meine Großmutter geweint hat, wie ihre hohe, dünne Stimme die Luft zerschnitt. Im Vorgarten ihres bescheidenen Hauses stürzte eine Kokospalme um, der Stamm wurde säuberlich gespalten und die Nüsse verfaulten auf der Stelle. Meine Großmutter ging zum Río Masacre. Langes weißes Haar rahmte ihr Gesicht. Sie steckte die Hände in den Schlamm und aß davon und ertrug den schweren, bitteren Geschmack. Als meine Mutter und der Schuldirektor sie fanden, lag sie an einer seichten Stelle im Wasser und zitterte im Mondlicht, das Gesicht von getrocknetem Schlamm bedeckt.

In der Hauptstadt wurde meine Großmutter zu einer anderen Frau. Sie verstummte. Der Schuldirektor fragte katholische Missionare, Houngans und Mambos um Rat, nur für den Fall, dass sie von den

Iwa besessen war, von den Geistern. Am Ende gab er es auf und lebte damit. Er liebte sie, wie ein Mann eine Frau lieben kann, die einen anderen liebt. Er konzentrierte sich auf die Ausbildung meiner Mutter und wartete. Manchmal fragte er seine Tochter, ob sie glücklich sei. Sie antwortete:»Meine Mutter liebt dich. Wirklich.«

Erst an dem Tag, als meine Mutter Port-au-Prince verließ, wurde meine Großmutter wieder sie selbst. Angeblich hatten sie zu dritt auf dem glühend heißen Rollfeld gestanden, die Luft ringsum hatte sichtbare Wellen geschlagen. Meine Mutter küsste meine Großmutter zweimal auf jede Wange, und dann küsste sie den Schuldirektor. Anschließend drehte sie sich um und stieg die Flugzeugtreppe hinauf, und der wilde Wind zerrte an ihrem Rock. Meine Großmutter lief nicht hinter ihrem einzigen Kind her, aber sie sagte: »*Ti Couer.*« Kleines Herz. Meine Mutter hielt kurz inne, drehte sich aber nicht um.

Meine Mutter ist eine kleine, fahrige Frau. Ihr Leben, sagt sie, habe begonnen, als sie in New York City aus dem Pan-Am-Flugzeug stieg. Sie fuhr auf der Rückbank eines gelben Taxis in die Stadt und verstand kein Wort von dem, was der Fahrer sagte. Sie sah zur schmutzigen Seitenscheibe hinaus und an den hohen Stahlgebäuden empor. Sie war einundzwanzig Jahre alt. Meine Mutter fand eine Wohnung in der Bronx und eine Arbeit als Schneiderin bei Perry Ellis, dessen Kleidung sie liebte, sich aber niemals würde leisten können. Englisch lernte sie, indem sie das Wörterbuch las und amerikanisches Fernsehen schaute. Einmal im Monat schrieb sie einen langen Brief an ihre Mutter und den einzigen Vater, den sie kannte. Sie bat ihre Eltern, ebenfalls nach New York zu kommen. Meine Großmutter schrieb jedes Mal zurück, weigerte sich aber, Haiti zu verlassen. Sie würde bei dem Geist des Mannes bleiben, der nicht vergessen werden wollte.

Meine Mutter lief von Arzt zu Arzt, sie war auf der Suche nach jemandem, der sie von dem beißenden Blutgeruch befreite. Er flutete immer noch ihre Sinne. Die Ärzte versicherten ihr ausnahmslos, der Geruch sei eine Einbildung. Sie fuhr mit der U-Bahn nach Chinatown und versuchte es mit Akupunktur. Der Akupunkteur schob ihr vorsichtig ein paar Nadeln in die Haut zwischen Daumen und Zeigefinger und entlang der Körpermeridiane. Bei jeder Nadel schüttelte er den Kopf. »Es gibt nicht gegen alles eine Medizin«, sagte er.

Als ich meine Mutter fragte, wie sie meinen Vater kennengelernt habe, sagte sie: »Ich wollte auf keinen Fall einen Haitianer heiraten.« Sie beantwortet fast nie die Frage, die man ihr gestellt hat. Mein Vater ist Hals-Nasen-Ohren-Arzt. Er war der letzte Doktor, den meine Mutter aufsuchte. Er glaubte ihr, als sie ihm erzählte, sie rieche nichts als Blut. Er versuchte, ihr zu helfen, und nachdem es ihm nicht gelungen war, lud er sie zum Abendessen ein. Irgendwann hielt er um ihre Hand an. Sie sagte nicht Ja. Sie erklärte, sie werde niemals nach Haiti zurückkehren; er würde akzeptieren müssen, dass ihr Leben vor einem Jahr in New York begonnen hatte. Sie war eine Schneiderin, deren Sinne von Blutgeruch geflutet waren. Ihren Vater hatte sie nie kennengelernt, ihre Mutter nie verstanden. Meine Eltern heirateten neun Monate später in einer Synagoge in Manhattan.

Sie blieben viele Jahre kinderlos, sprachen aber nie darüber. Wenn meine Mutter gefragt wurde, wann sie eine Familie gründen wolle, sagte sie: »Ich liebe meinen Mann sehr.« An einem heißen New Yorker Julinachmittag des Jahres 1978 erfuhr sie, dass sie mit mir schwanger war. Sie war vierzig Jahre alt. Sie rannte auf die Straße, reckte die Arme gen Himmel und blickte in die weiß glühende Sonne. Das Licht strömte auf sie nieder, und sie fing an zu weinen. Ein Freudenlaut stieg in ihrer Kehle auf und flog aus ihrem Mund hinein in die Stadt. Sie lief zur Praxis meines Vaters und überbrachte ihm die Nachricht. Er weinte ebenfalls, und auch ich legte gleich nach meiner Geburt los und heulte genüsslich. Wir sind eine Familie ohne Angst vor Tränen.

Meine Mutter konnte nie wirklich akzeptieren, dass sie ihren leiblichen Vater nicht kennengelernt hat. Sie fürchtet, meine Großmutter könnte die Geschichte ihrer Zeugung zu einem Mythos verklärt haben, um eine düstere Wahrheit zu verschleiern. Meine Mutter hat viel Fantasie. Sie weiß zu gut, was wild gewordene Soldaten mit verängstigten Frauen machen. Wenn meine Mutter in den Spiegel sieht, erkennt sie sich nicht wieder. Sie sieht immer nur das Gesicht des Mannes, den sie nie kennenlernen wird. Als ich noch klein war und wir zusammen am Tisch saßen, starrte sie oft ins Leere und knirschte mit den Zähnen. Dann nahm mein Vater ihre Hand und sagte: »Jacqueline, bitte mach dir keine Gedanken.« Sie hörte nicht auf ihn. Sie hütete das Geheimnis ihrer Mutter. Sie war selbst ein Geheimnis.

Seit ich fünf Jahre alt war, haben meine Eltern mich im Sommer zum Flughafen JFK gefahren und für drei Monate zu meiner Großmutter geschickt. Ich kam als Gesandte meiner Mutter, um in ihrer Abwesenheit ihre töchterlichen Pflichten zu erfüllen. Meine Großmutter und der Mann, den ich als meinen Großvater kannte – der Schuldirektor, der sich der verängstigten jungen Frau mit der schwarz verbrannten Haut, den weiß gebleichten Haaren und dem vaterlosen Baby angenommen hatte –, waren sehr nett zu mir. Ich brachte ihnen Familienfotos und Geld mit, das meine Mutter in meinen Schuhen versteckt hatte. Ich brachte ihnen Öl und Feinstrumpfhosen, einen Videorekorder und Kassetten, Klatschmagazine und Cornflakes. Hauptsache nichts Süßes. Meine Großmutter hielt ihr Versprechen, das sie Jacques Bertrand gegeben hatte. Bei jedem meiner Besuche bekam ich neue Bruchstücke ihrer Geschichte zu hören, oder vielmehr, falls die Befürchtungen meiner Mutter zutrafen, Bruchstücke der Geschichte, die sie uns glauben machen wollte. Angeblich sah ich aus wie er, hatte seine Augen und sein Kinn. Meine Großeltern verwöhnten mich ebenso, wie meine Eltern es taten. Wenn ich Ende August in die Staaten zurückkehrte, hatte ich viele Fragen an meine Mutter. Ich wollte das Puzzle zusammenfügen, doch sie schloss sich im Schlafzimmer ein, tupfte sich Parfum auf die Oberlippe, streckte sich auf dem Bett aus und legte sich einen kalten Waschlappen über die Augen.

Als ich dreizehn war, unternahmen meine Großeltern und ich am Nachmittag einen Ausflug zu ihrem Strandhaus in Montrouis. Im selben Jahr hatte ich kurz vor der Abreise meine Bat Mitzwa gefeiert. Wir sangen die Kompa-Lieder im Autoradio mit, und die Erwachsenen lauschten meinen Plaudereien auf der Rückbank. Es war ein guter Tag. Ich wünschte, meine Mutter könnte sehen, wie glücklich ich im Land ihrer Geburt war. Als wir an einer Tankstelle hielten, wurde unser Auto plötzlich von Bettlern umringt, von einer pulsierenden Masse aus dunklen, glänzenden Gesichtern und Gliedmaßen. Sie brauchten mehr, als wir ihnen geben konnten. Einer der Männer hatte nur ein Bein und eine alte Holzkrücke. Sein Gesicht war von einem wulstigen Tumor unter dem linken Auge entstellt. Er legte die Hände an die Seitenscheibe und glotzte mich lüstern an, der Tumor zitterte vor Wut. Da begriff ich zum ersten Mal, dass das Geburtsland meiner Mutter von Schmerz durchdrungen war.

Wenn ich nach New York und in mein sicheres Zuhause zurückkehrte, brachte ich Fotos, lange Briefe und besondere Gewürze mit, Zuneigungsbekundungen einer abwesenden Mutter. Am Tag nach meiner Rückkehr lud meine Mutter mich jedes Mal zum Mittagessen in den Russian Tea Room ein. Dann ließ sie sich haarklein von meiner Reise berichten und schnüffelte währenddessen alle paar Minuten an einem parfümierten Taschentuch. Sie stellte vorsichtige Fragen, um herauszufinden, wie es ihrer Mutter wirklich ging. Manchmal vergaß ich mich und fragte meine Mutter, wieso sie nicht nach Haiti fliege und selbst nachsehe. Dann sah sie mich streng an und sagte: »Es ist nicht leicht, eine gute Tochter zu sein.« Mit sechzehn war ich jung und dumm und wurde deswegen in ein Sommercamp im westlichen Massachusetts geschickt. Ich wollte etwas Normales erleben. Haiti war mir zu anstrengend geworden. Ich hatte die Nase voll von der Hitze, den Gerüchen und der allgegenwärtigen Armut, von meinen verschwitzten Armen und Beinen, die sich im Moskitonetz verfingen, der Pumpe, von der ich das Wasser holen musste, weil die Zisterne mal wieder kaputt war. Ich hatte genug vom lauten Brummen der Generatoren, den winzigen Eidechsen an den Fenstergittern und von den Leuten, die mich begafften und *la mulatte* nannten. Doch das Sommercamp war größtenteils enttäuschend. Ich war ein Stadtkind und fand die Berkshire Mountains viel zu provinziell. Die anderen Mädchen im Ferienlager konnten meine Art des Jüdischseins nicht nachvollziehen. Den Sommer verbrachte ich lesend am Seeufer. Ich beklagte, dass ich jetzt nicht an einem echten Strand war, in der Karibik, wo die Leute mich liebten und wo alle aussahen wie ich. Trotzdem vergingen zehn Jahre, bis ich wieder nach Haiti flog.

Im darauffolgenden Sommer nahm mein Vater mich mit nach Tel Aviv. Er zeigte mir die Wohnung in Ramat Aviv, wo er aufgewachsen war. Er zeigte mir die Gräber seiner Eltern und versicherte mir, wie sehr sie mich geliebt hätten. Ich begegnete allen möglichen Menschen, die mir tatsächlich ähnlich sahen und nicht über mein holperiges Hebräisch lachten. Wir verbrachten eine Woche im Kibbuz, mein Vater trug ein Leinenhemd und Shorts, er war gebräunt, glücklich, zu Hause. Wenn ich an meine Mutter dachte, wurde ich sehr traurig, weil sie sich nicht so über ihr Geburtsland freuen konnte. Wir fuhren an den Strand und nach Jaffa, wo der Andromeda-Felsen aus dem Mittelmeer aufragt. Wir standen weinend an der Klagemauer. Haiti war nicht der einzige Ort auf Erden, der vom Schmerz durchdrungen war.

Ein Jahr nach meinem Jurastudium starb der Schuldirektor. Ich rief meine Großmutter an und fragte, wie es ihr gehe. »Ich war eine gute Ehefrau«, sagte sie. Sie sei bereit, zu Jacques Bertrand zurückzukehren. Ich sagte meiner Mutter, wir müssten sofort nach Haiti. Meine Mutter lag auf dem Bett und rieb sich gerade Parfum auf die Oberlippe. Die Nachricht vom Tod des Schuldirektors hatte sie nicht gut aufgenommen. Er war der einzige Vater gewesen, den sie gekannt hatte. Sie sah mich an und sagte: »Mein Zuhause ist hier, wo ich gebraucht werde.« Ich sagte: »Du wirst woanders gebraucht.« Sie winkte müde ab und fügte sich.

Mein Vater verschrieb meiner Mutter Valium, und dann flogen wir zu dritt nach Port-au-Prince. Spätestens bei der Landung war meine Mutter ausreichend sediert. Als wir nach dem Aussteigen durchs Terminal gingen, fragte sie verträumt:»Sind wir schon da?« Meine Großmutter und ihr Fahrer erwarteten uns. Ich sah sie zum ersten Mal seit zehn Jahren wieder und musste nach Luft schnappen. Sie wirkte unfassbar klein und gebrechlich, die dunkle Haut saß zu locker, die Züge waren ausgemergelt. Das weiße Haar trug sie in einem losen Dutt oben auf dem Kopf. Sie und meine Mutter blieben dicht voreinander stehen und starrten sich an. Meine Großmutter nahm das Gesicht meiner Mutter in die Hände und nickte. An dem Abend hörte ich, wie meine Mutter meinem Vater zuflüsterte, sie könne kaum noch atmen, so schlimm sei der Blutgeruch.

Wir verbrachten einige Tage in der Hauptstadt und halfen meiner Großmutter, ihre Angelegenheiten zu regeln und das Grab des Schuldirektors zu besuchen. Dann war sie bereit für Jacques Bertrand. Wir wollten sie überreden, in der Hauptstadt zu bleiben oder mit uns in die Staaten zu fliegen, aber meine Großmutter blieb standhaft. Wir fuhren auf der einzig passierbaren Landstraße nach Ouanaminthe. Die Reise dauerte Stunden, und als wir endlich ankamen, waren wir müde, verschwitzt, steif und gereizt.

Ouanaminthe war nicht mehr die Stadt von früher, sondern ein trauriger, hoffnungsloser Ort mit verfallenen Gebäuden und hohen Werbetafeln, von denen die Farbe abplatzte. In den Straßen drängten sich zu viele Menschen, und einer war bedürftiger als der andere. Die meisten Straßen waren völlig verschlammt vom letzten Hochwasser. Die Luft war erstickend schwül und drückte auf uns nieder. Als wir vor dem kleinen Zementbungalow standen, den meine Großmutter gekauft hatte, riefen uns Männer aus einem vorbeifahrenden Sammeltaxi Anzüglichkeiten zu. Mein Vater stellte sich vor mich und starrte ihnen erbost nach. Meine Mutter rieb sich die Stirn und verlangte nach einer weiteren Valium.

Während der ersten Tage blieben meine Mutter und meine Großmutter viel für sich. Ständig steckten sie die Köpfe zusammen, wie zum Ausgleich für dreißig Jahre Trennung. Was sie miteinander zu klären hatten, ließ keinen Raum für mich oder meinen Vater. Am zweiten Abend besuchte ich eine Bar in der Nähe. Alle glotzten, als ich mich hinsetzte. Ich trank wässrige Cola-Rums, bis mein Gesicht und meine Langeweile betäubt waren. Ich tanzte mit einem Mann namens Innocent zu einem Usher-Song. Als ich mich später ins Haus meiner Großmutter schlich, saß sie wartend im Dunkeln. Sie nickte, sagte aber nichts. Am dritten Abend stand der helle Mond hoch am Himmel und ergoss sein bleiches Licht auf und durch alles. Ich kroch in Tanktop und Boxershorts unter das Moskitonetz, legte mir einen Arm über den Kopf und einen auf den Bauch und spürte, wie mein Körper sich entspannte. Ich lauschte auf das Geräusch meiner schlafenden Familie. Ich versuchte zu verstehen, warum wir hier waren und was *hier* eigentlich bedeutete.

Kurz vorm Eindösen hörte ich ein Kratzen an der Tür. Ich setzte mich auf und zog die Laken um mich. Meine Großmutter erschien im Türrahmen und lockte mich mit einem ihrer gekrümmten Finger. Ich stieg langsam aus dem Bett, zog Jeans und Flipflops an. Meine Großmutter wartete an der Haustür auf mich. Meine Mutter stand neben ihr, trat nervös von einem Bein aufs andere und knetete ihr parfümiertes Taschentuch. »Was ist denn?«, fragte ich. Meine Großmutter lächelte. »Komm mit«, sagte sie.

Bis zum Ufer des Río Masacre war es ein guter Kilometer. Meine Großmutter hatte meiner Mutter eine Hand an den Rücken gelegt. In der Ferne sahen wir Soldaten am Grenzübergang, die glimmenden Enden ihrer Zigaretten durchlöcherten die Finsternis. Ich hörte Hunderte verängstigte Menschen durchs Wasser platschen, und alle sahen aus wie ich. Sie versuchten, sich in Sicherheit zu bringen, und dann wurde es ganz still. Meine Großmutter kletterte die feuchte, steile Böschung hinab. Meine Mutter ermahnte sie, vorsichtig zu sein. Als sie unten war, winkte sie uns zu sich. Ich streifte meine Sandalen ab, nahm die Hand meiner Mutter und half ihr ins Wasser. Wir standen an einer seichten Stelle. Ich krallte die Zehen in den Schlick des Flussbetts und erschauderte. Ich hatte mir den Fluss immer als riesiges, gähnendes, blutiges Monster vorgestellt, aber dort, wo wir standen, floss das Wasser schwächlich dahin. Es war nicht tief. Bloß eine Grenze zwischen dem einen und dem anderen Reich des Kummers.

Meine Großmutter zeigte nach unten. Der Saum ihres Morgenmantels trieb im Wasser. »Hier«, sagte sie leise.

Die Schultern meiner Mutter zuckten, aber sie gab keinen Laut von sich. Sie hielt sich an meinem Arm fest. »Ich kann nicht atmen«, sagte sie, ging auf die Knie und krümmte sich. »Ich muss die Wahrheit wissen.«

Ich kniete mich hinter sie, nahm sie in die Arme und versuchte, sie zu verstehen. »Doch, du kannst atmen«, sagte ich. Meine Großmutter sagte: »Du kennst die einzige Wahrheit, die von Bedeutung ist.« Wieder hörte ich Hunderte verängstigte Menschen im Wasser wehklagen. Sie reckten sich nach etwas Unerreichbarem. Die schweren Stiefelschritte der Soldaten brachten die Erde unter unseren Füßen zum Beben. Ich konnte ihren Schweiß riechen und spürte ihren wirren, ziellosen Hass.

Wir knieten noch eine ganze Weile im Wasser. Meine Großmutter stand daneben und schilderte im Flüsterton, wie sie Jacques Bertrand getroffen und in Erinnerung behalten hatte, und dann vertrockneten die Worte auf ihren Lippen. Ich strich meiner Mutter über den Kopf und wartete, bis ihre Atmung sich beruhigte und sie sich in melancholischer Trägheit aufrichtete und rücklings an meine Brust lehnte. Wir trauerten bis zum Morgen. Die Sonne ging auf. Helle Lichtstrahlen fielen auf uns und durch uns hindurch. Die Sonne brannte so heiß, dass sie den Fluss austrocknete und das Wasser in Licht verwandelte. Wir knieten in einem Bett aus Sand und Knochen. Ich fing an zu weinen. Ich konnte nicht mehr aufhören. Mit meinen Tränen wollte ich uns alle reinwaschen.

Lacrimosa

Marise glaubte, alles über Tränen zu wissen. Als sie ein kleines Mädchen in Port-au-Prince war, hörte ihr Vater Mozarts Requiem, während die Nachbarn zu Kompa, amerikanischem Rock'n'Roll und R&B tanzten. Der traurige, ernste Chor und die Streicher erfüllten das kleine Zweizimmerhaus. Wenn das Lacrimosa begann, schloss ihr Vater die Augen und hob eine Hand hoch in die Luft. Alle im Raum verstummten, so schön war die Musik, und Marise wusste, in diesem Moment fühlte sie alles, was es zu fühlen gab. Später wurde die Regierung gestürzt, einmal, zweimal, dreimal, die Leute hungerten und zwischen den Häusern ballte sich ein Gewirr aus Drähten, weil jede Familie versuchte, von hier oder dort elektrischen Strom abzuzweigen. Wenn man in der Gasse zwischen den Häusern stand, konnte man kaum noch den Himmel sehen, und später wurden die Generatoren angeworfen und verpesteten die Luft mit ihrem lauten, verärgerten Brummen und ihrem Dieselgestank. Marises Vater packte den Plattenspieler weg. Es gab nichts mehr zu fühlen.

Eines Tages stand ein UN-Soldat mit brauner Haut und hellblauer, kugelsicherer Weste vor ihrer Tür. Er stellte sich als Carlos Rocha aus dem brasilianischen Veli Velha vor. Den Helm trug er unter dem Arm, sein langes Gewehr auf dem Rücken. Dicke Schweißtropfen liefen ihm übers Gesicht. Er hatte Geld, ein träges, breites Lächeln und schwarze Locken. Carlos Rocha lächelte Marises einziges Kind an und kniff ihm mit schwieligen Soldatenfingern in die Wange. Er fragte, ob sie kochen könne und wie viel das Gästezimmer koste. Er lächelte noch breiter, auf seinen Wangen erschienen Grübchen. Marise lächelte nervös zurück und nannte ihren Preis. Alles in Port-au-Prince hatte einen Preis.

Der Soldat zog bei ihnen ein. Jeden Abend kam er in Marises sauberes, aufgeräumtes Haus und klagte über die Hitze, die Schwüle, den allgegenwärtigen Müll, die Menschen mit der dunklen, glänzenden Haut, die ihm Steine und Flaschen und Beschimpfungen an den Kopf warfen. Er aß, was Marise gekocht hatte. Er schlief in ihrem Bett und berührte sie mit seinen Soldatenhänden; er drang in sie ein, machte ihr Angst und löste noch andere Gefühle aus, die sie nicht verstand. Sie erfuhr alles über Tränengas; es gab chemische Stoffe, die dem alleinigen Zweck dienten, die Hornhautnerven zu reizen und

dadurch den Tränenfluss auszulösen und Schmerzen zu verursachen. Er erzählte ihr, wie er und seine Einheit einmal in einem Bunker voller Tränengas gefangen waren. Die Soldaten hatten versucht, die Luft anzuhalten und nicht zu weinen, ihre Kiefermuskeln hatten unkontrolliert gezuckt und ihr Brustkorb drohte zu explodieren, und dann schluchzten sie los, nicht wegen des Brennens in Augen, Nase und Hals, sondern weil sie alles auf einmal fühlten und deswegen schutzlos waren. Marise sang dem Soldaten etwas vor, um ihn nach seinen langen Tagen der Patrouillen durch dunkle, gefährliche Straßen zu trösten. Sie lernte seine Sprache, und er ihre. Sie machte sich Sorgen.

Es dauerte nicht lange, und Marise hatte vergessen, dass Carlos ein Mann auf einer Mission war. Er war weit weg von seiner Heimat. Er würde nicht bleiben. Ihren Körper, der ihn wärmte und aufnahm, und den Geschmack ihrer Haut würde er einfach so zurücklassen. Er bewahrte sein gut geöltes Gewehr unter dem Bett auf, er trug es täglich und benutzte es, um damit zu schießen, zu verletzen und zu töten. Sie dachte nicht darüber nach, bis eines Tages ihr Sohn vor dem kleinen Zementhaus saß und mit tränenüberströmtem Gesicht leere Tränengaskartuschen neben sich aufstapelte, so hoch die kurzen Arme reichten. Als der Junge den Schatten seiner Mutter bemerkte, legte er den Kopf in den Nacken und sah sie aus nass glänzenden Augen an, eine Kartusche in jeder drallen Hand. »Mama, sieh mal!« Da erinnerte Marise sich an das, was war, und an das, was nie sein würde. Sie nahm das Kind in die Arme und spürte nichts als den bitteren Geschmack seiner Tränen auf ihrer Zunge.

Je heftiger sie kommen

Über Die Amerikaner hatten wir alles Mögliche gehört – dass sie uns am liebsten mit hellbrauner Haut, weißen Zähnen und tief ausgeschnittenen Shirts wollen. Die Amerikaner wollen, dass wir von ihren riesigen Kreuzfahrtschiffen und anderen Dingen beeindruckt sind. Sie wollen, dass wir Englisch sprechen, aber nicht zu gut. Die Amerikaner wollen uns lächelnd und unterwürfig.

Jede Woche stellen wir uns tadellos gepflegt und frisiert in einer geraden Reihe auf. Wir schauen zu, wie sich das Kreuzfahrtschiff langsam in den Hafen schiebt. Kurz darauf strömen Die Amerikaner auf den Pier. Manche sind blass, andere gebräunt, die meisten groß und rotgesichtig. Die Frauen tragen schlecht sitzende Bikinis, Pareos oder Sommerkleider, die Männer Hawaiihemden, Surfershorts oder Khakihosen. Ihre Gesichter verschwinden hinter schwarzen Sonnenbrillen. Sie reden laut und gehen langsam. Sie kommen näher, lesen das große Schild mit der Aufschrift *Willkommen in Labadee*, sehen uns und sagen: »Die Einheimischen haben hier so eine schöne Farbe.«

Wir servieren ihnen Drinks und regionale Gerichte und verkaufen ihnen »Kunsthandwerk von einheimischen Künstlern«, das mit einem anderen Schiff hier angekommen ist, aus China.

Die Amerikaner mieten Jetskis und brüllen einander zu, während sie über die Wellen hopsen. Ihre Haut bräunt und verbrennt. Die Amerikaner sind glücklich.

Sie trinken immer mehr und werden immer lauter und glücklicher. Sie bitten uns, sie zu fotografieren, und dann richten sie die Kameras auf uns, damit sie nach der Heimreise ihre Freunde zu sich einladen und ihnen bei einem Glas Wein zeigen können, an was für gefährlichen Orten sie waren.

Die Amerikaner reiben sich mit UV-Schutz ein, räkeln sich auf den gestreiften Liegen und schwitzen in der Sonne, bis die Luft nach widerlich süßem Kokosöl riecht. Sie hören Musik, lesen Hochglanzmagazine und können sich nicht entscheiden, was sie abends auf dem Schiff essen wollen. Sie beschweren sich über das schwülwarme Klima.

Sie sagen, sie mögen dieses Haiti ganz gern. So sauber und ruhig, so hübsch und gar nicht wie auf CNN. Die Amerikaner stellen Fragen, warten die Antworten aber nur selten ab. Jenseits des Piers und des weißen Sandstrands mit den gestreiften Sonnenliegen und den Strohhütten mit den bunten Dächern zieht sich ein Streifen aus üppiger Vegetation und hohen Palmen hin, und dahinter ein sehr hoher Zaun, der dieses Haiti von dem anderen Haiti trennt. Die Amerikaner wollen das andere Haiti nicht sehen, aber sie wissen, dass es existiert. Die Amerikaner – die Männer – mögen und begehren uns. Sie glauben, wir seien ein käuflicher Teil der Hispaniola-Erfahrung. Sie bieten uns amerikanische Dollar und erwarten, dass wir uns von Andrew Jacksons Konterfei beeindruckt zeigen. Wir bevorzugen Benjamin Franklin. Die Amerikaner grabschen uns an den Po und flüstern uns ins Ohr, wir spüren ihren warmen Alkoholatem auf der Haut. Die Einfallsloseren unter ihnen sagen Sachen wie: »*Voulez-vous coucher avec moi?*« Ihr Akzent ist schwer und ungelenk, sie überbetonen jede Silbe. Einige von uns sind tatsächlich käuflich, oder sie sind neugierig zu erfahren, wie es mit einem so hellhäutigen Mann ist. Andere sind einfach nur gelangweilt oder gleichgültig. Wir fordern Die Amerikaner auf, uns zu folgen. Wir gehen langsam über den warmen Sand und schwingen die Hüften, während sie uns begaffen und obszön daherreden. Wir tun so, als verstünden wir es nicht. Wir gehen, bis das Pier nicht mehr zu sehen ist, bis die Stimmen der Jetskifahrer und der feilschenden Kunden an dem Kunsthandwerkständen verstummen. Wir schleichen uns hinter einen

Felsen oder ein Palmendickicht oder dorthin, wo der Strand menschenleer und dunkel ist.

Die Männer – Die Amerikaner – gaukeln uns keine Romantik vor. Es gibt keinen zärtlichen Moment. Sie beißen uns in die nackten Schultern und quetschen unsere braunen Brüste mit fleischigen Händen. Stöhnend befehlen sie uns, niederzuknien und ihn in den Mund zu nehmen. Sie wollen wissen, ob es uns gefällt. Wir tun so, als verstünden wir sie nicht. Wir flüstern blödes Zeug, auf Französisch. Wir unterdrücken ein Glucksen, was wie Stöhnen klingt und Die Amerikaner entzückt. Sie nehmen uns von hinten, während wir Hände und Wange an den heißen Felsen drücken. Sie ficken uns hinter den Marktständen oder am Zaun hinter den üppigen Palmen. Es dauert nie lange. Sie bedanken sich nie. Aber Die Amerikaner kommen immer.

Alles ist relativ

Die Kupfergebiete der Upper Peninsula in Michigan sind ein vergessener Ort. Die weite Landschaft ist dicht bewaldet, Geister und Skelette streifen durch die Industrieruinen. Im Sommer ist die Upper Peninsula atemberaubend und unwiderstehlich; im Winter liegt sie unter dicken Schichten aus Schnee, Eis und Sand vergraben und ist erbarmungslos, abweisend und unentrinnbar.

Früher hat hier das Kupfer regiert. Es gab Minen voller Erz und Männer, die bereit waren, der Erde ihre Schätze zu entreißen. Die Minenbesitzer wurden reich. Sie bauten sich prächtige Villen auf Hügeln und ließen öffentliche Gebäude nach sich benennen. Die Männer, die für die Minenbesitzer arbeiteten, wurden nicht ganz so reich, konnten es sich aber immerhin leisten, ein Eigenheim zu kaufen, ihre Familie zu ernähren und sonntags in die Kirche zu gehen, um Gott für seine vielen Gaben zu danken.

Der Fortschritt ist rücksichtslos, und der Mensch kann naturgemäß den Möglichkeiten nicht widerstehen. Wo einst Männer das Kupfererz aus dem reichen Boden der Upper Peninsula schürften, kamen später die Maschinen, und noch später wurde all das nicht mehr gebraucht, und übrig blieb nichts.

In einer stillgelegten Mine lässt sich Schönheit finden, und eine tiefe Traurigkeit. Die verfallenen Stollenwände neigen sich in schiefen Winkeln, die Maschinen sind mitten in der Bewegung eingerostet. Das Gras wuchert wild und greift auf alles über. Die alten Eigenheime, durchspukt von Minenarbeitern ohne Mine, lösen sich nicht einfach auf. Sie verfallen. Sie gehen in die Knie. Sie lassen den Kopf hängen.

Auch hier oben in Michigan erreichen uns die Nachrichten – drastische Schilderungen von Rezessionen, Depressionen und Arbeitslosigkeit. Die Dinge, sagt man uns, haben sich verändert. Neue Welt, neue Wirtschaft. Die Leute sind hungrig, erschöpft, krank und verarmt. Es gibt keine Gnadenfrist und keine Möglichkeit, den Hunger zu stillen, den Geist zu beleben, die Wunden zu heilen oder das Schicksal zu ändern. Wir lachen verbittert. Was soll daran neu sein?

Meine Eltern wurden in Haiti geboren, der ersten freien Schwarzen Nation der Welt.

Eine Insel der Widersprüche.

Der Sand ist immer warm. Das Wasser ist von

einem so grellen, klaren Blau, dass der Anblick

manchmal schmerzt. Kunst und Musik sind vielfältig, aufschlussreich und ekstatisch. Das Zuckerrohr ist hart und süß.

Dennoch. Die meisten Leute glauben das Folgende: Haiti ist das ärmste Land der westlichen Hemisphäre. Das Volk ernährt sich von Lehmfladen. Es gibt keine Infrastruktur – keine Kanalisation, keine befestigten Straßen und eine willkürliche Stromversorgung. Die Frauen leben in Unsicherheit. Krankheiten können nicht behandelt und die Gewalt kann nicht eingedämmt werden. Das Land erodiert, der Himmel droht herabzustürzen.

Anscheinend hat die Freiheit ihren Preis. Wir definieren uns über das, was wir nicht sind und nicht haben.

Auch in Haiti empfangen wir die amerikanischen Nachrichtensender, per Satellit wird CNN zu uns hinabgestrahlt. Wir hören von Rezessionen und Depressionen, von Arbeitslosigkeit und der veränderten Welt. Im Hintergrund wummert der Generator, in der Ferne sind manchmal Schüsse zu hören, wenn sich die UN-Friedenssoldaten ein Gefecht mit kriminellen Gangs liefern. Wir lachen. Wir staunen über die guten Nachrichten. Der bittere Geschmack brennt auf der Zunge.

Gracias Nicaragua y
Lo Sentimos

Nicaraguenses, nosotros Haitianos lo sentimos pero no queremos más el titulo del país más pobre en el hemisferio occidental. Le damos las gracias. El deshonor ahora es el suyo.

Eins sollte man wissen: Alle durch die Medien verbreiteten Nachrichten, egal ob auf Euronews, Univision, ESPN, ABC, CNN, CBS, FOX oder NBC, beginnen und enden mit der Feststellung, die geliebte Heimat sei das ärmste Land der westlichen Hemisphäre. Du bist, was du nicht hast.

Du hörst es dir an, bis dir schlecht davon wird, bis du *su tierra* nicht wiedererkennst, bis du die Geschichten für wahr hältst und glaubst, dass nichts anderes mehr zählt, dass *si no puedes comprar cosas que no necesitas, tu no existes, tu no cuentas, tu no mereces respeto.*

Ob es in den Beiträgen um nicaraguanische Kunst, um Essen, Musik oder die Menschen geht, spielt keine Rolle. Sie könnten auch von Arbeitslöhnen oder Naturkatastrophen handeln, von Unruhen in den Provinzen, der neuesten Telenovela oder dem letzten *escándalo político.*

Wenn *por ejemplo* eine blonde amerikanische Reporterin eine berühmte nicaraguanische Kinderbuchautorin interviewt, wird ihre erste Frage auf jeden Fall lauten:»Wie ist es, aus dem ärmsten Land der westlichen Hemisphäre zu kommen?«

Und dann steht die arme Autorin da mit ihrem bunt illustrierten Buch, mit ihren Ideen, ihrem Elan und ihrer Energie. Sie hatte sich darauf vorbereitet, über *historias para los niños* zu sprechen, aber stattdessen muss sie sich jetzt schnell an das politikwissenschaftliche Seminar erinnern, bei dem sie in der Uni geschlafen hat, um sich in ihrer neuen Rolle als politische Korrespondentin zu beweisen.

Aber wenn du das gehört hast, ist dir wenigstens klar, was dich erwartet. Vielleicht tröstest du dich mit *el conocimiento*, dass es vielleicht nicht mehr lange dauert, bis Ayiti dir den Rang wieder abgelaufen hat. *El deshonor siempre ha sido nuestro.*

Wir fressen
keinen Dreck

Ein- oder zweimal im Monat bekommt Elsa in Cap-Haïtien einen Brief von ihrer Cousine Sara aus Miami. Der Umschlag, vollgestopft mit Neuigkeiten und US-Dollars, verheißt ein besseres Leben an einem besseren Ort, eine bessere Zukunft und bessere Produkte.

Ich wünschte, ich könnte dir South Beach zeigen, schreibt Sara. Die Männer sind da noch schöner als die Frauen. Alle tragen Make-up und elegante Kleidung. Der Strand ist nicht wie daheim, er ist voll und verdreckt. Nach der Arbeit laufen meine Freundinnen und ich barfuß am Wasser entlang. Wir trinken Wein direkt aus der Flasche und essen McDonald's und andere gute, ungesunde Sachen. Die Pommes sind so versalzen, dass man sich die Körnchen noch Stunden später von den Fingern und Lippen lecken kann.

Elsa bewahrt die Briefe in einer Blechdose auf, gleich neben dem schmalen Bett, das sie sich mit ihrem Freund teilt. Sie nennt ihn ihren Mann, obwohl er nebenher noch eine andere hat.

Meine liebe Cousine, antwortet Elsa, South Beach 141

klingt wie ein Traum. Ich habe noch nie Wein getrunken, aber macht nichts. Wir haben ja unseren
Rum. Wie du wissen musst, zieht Christian immer
noch die alte Nummer ab. Er hat keine Arbeit und ist
ständig unterwegs, aber ausziehen will er nicht. Ich
denke oft an dich. Ich warte darauf, dass du mich
entführst. Elsa vermisst Sara. Wirklich. Sie hasst Sara. Im
Ernst. Sie hasst die Briefe, die Neuigkeiten, die
Verheißungen, die Lügen. Sie will nichts mehr von
Klimaanlagen oder kaltem Trinkwasser direkt aus
der Leitung hören, von TV-Serien über Stripper, Mil-
lionäre und alle möglichen anderen Leute.

Stimmt es, dass Haitianer Lehmfladen essen?, hat
Sara gefragt. Kann es sein, dass ich zu lange nicht
zu Hause war und vergessen habe, dass *das Land
selbst* uns ernährt? Gestern Abend war ich bei Dairy
Queen. Die Eiscreme hat mich an ein Gedicht erinnert, das wir mal in der Sekundarschule gelesen
haben. Es handelte von süßen, kalten Pflaumen in
einem Kühlschrank. Falls es stimmt, dass wir nichts
mehr haben als den Boden unter unseren Füßen –
mit Wasser angerührt, gesalzen, von Händen ge-
knetet, in der Sonne gebacken, krümelig im Mund –,
werde ich nie wieder etwas Süßes essen.

Wer auf der Insel geblieben ist, kennt diese Be-
richte von Euronews und Radio Metropole. Ein ein-

ziger, eifriger Journalist hat gesehen, was er sehen wollte: eine alte Frau, die am Straßenrand über den Fladen kauert, die nackten Knie rechts und links aus den Rockfalten geschoben. *Ma chère cousine*, schreibt Elsa. Ich habe deinen Brief am Strand gelesen, der weiße Sand hat mir fast die Fußsohlen verbrannt. Das Wasser war so klar und blau, dass es in den Augen wehgetan hat. Gestern Abend hat Maman uns griot mit diri ak pwa gekocht, und weil Christian gutes Essen selbst dann noch riechen kann, wenn sein Kopf zwischen den Beinen einer Frau steckt, ist er endlich nach Hause gekommen. Wir haben zusammen gegessen und gelacht. Wir hatten nicht viel, aber es hat gereicht. Lass mich eines sagen: Wir haben vielleicht nicht mehr so viel zu essen wie früher, und wenn Christian Reis von der UNO holen will, muss er seine Waffe und drei Freunde mitnehmen. Manchmal wachen wir morgens mit leerem Magen auf, mit wütend knurrendem Magen, aber niemals würde uns beim Anblick der Erde unter unseren Füßen das Wasser im Mund zusammenlaufen. Wir müssen unseren Stolz hinunterschlucken, aber wir fressen keinen Dreck.

Was man über haitianische Frauen wissen sollte

Als seine Ehefrau noch ein kleines Mädchen war, hat sie mit einem Küken gespielt. Sie hat es lachend über den Hof gescheucht und hatte ihren Spaß dabei. Als die Henne merkte, dass eines ihrer Kinder geärgert wurde, rannte sie über den staubigen Hof und hackte seiner Noch-nicht-Ehefrau in die Beine. Als seine Schwiegermutter sah, dass auf ihrem Kind herumgehackt wurde, lief sie aus dem Haus, riss die Henne in die Höhe und brach ihr das Genick. Sie ließ die Henne zubereiten und am Abend der Familie servieren; etwas Köstlicheres, sagte sie, habe sie nie gegessen. Als die Küken herangewachsen waren, tötete sie auch diese. Der Punkt, sagt der haitianische Vater zu jedem neuen Verehrer, ist der: Um mich brauchst du dir keine Gedanken zu machen. Eher um die Mutter.

Von Geistern und Schatten

Ich beobachte meine Geliebte Amèlie, wie sie über den Markt geht und sich Produkte ansieht, die sich keine von uns leisten kann. Es ist abartig heiß, die Art von Hitze, bei der selbst die Augäpfel schwitzen. Am liebsten würde ich ins salzige Meer springen und mich abkühlen. Ich beobachte meine Geliebte, weil alles andere zu gefährlich wäre. Ihr Gesicht ist schmal und hager, aber wenn ihre Fingerspitzen den begehrten Plunder streifen, leuchten ihre Augen, und ihre Schultern entspannen sich. Ich stelle mir vor, wie sie sich vorstellt, die begehrten Stücke zu besitzen. Auf dem Markt treiben sich auch einige Touristen herum, sie wirken ein bisschen orientierungslos, als hätten sie die falsche Broschüre gelesen. Die meisten Amerikaner, die nach Haiti kommen, erwarten Verhältnisse wie in Aruba oder St. Kitts. Sie vermengen alle kleinen Inseln zu einem einzigen Paradies, wo der Alkohol ungehemmt fließt und durchtrainierte Pooljungen ihnen jeden Wunsch von den Augen ablesen. Zu ihrem Pech sind alle Pooljungen ins Ausland geflohen, und nun gibt es keine Eiswürfel für ihre Drinks mehr.

Ich kenne Amèlie seit meiner Kindheit. Unsere Mütter sind beste Freundinnen. Wir sahen, wie unsere Väter abgeholt wurden, weil sie sich für freie Wahlen eingesetzt hatten, und wie unsere Brüder auf dem Meer oder im Hinterland verschwanden. Wir passten aufeinander auf, immer. Einmal, als wir bei ihr zu Hause auf der Veranda saßen und Mangosaft tranken und uns die kalten Gläser zwischen den Schlucken an die Stirn hielten, drehte sie sich zu mir um und sagte: »Manchmal, Marie Françoise, will ich nichts auf der Welt sehen als dich.«

Lärmende, kichernde Schulkinder drängen an mir vorbei, und der Anblick bringt mich fast zum Weinen. Nicht, weil sie unschuldig sind, sondern weil sie jung sind und sich wünschen, was sie nicht haben können. Amèlie hebt den Kopf und sieht mich an. Niemand außer mir würde das Lächeln in ihrem Blick bemerken. Sie hebt die Augenbrauen, verzieht kaum merklich den Mund, streicht sich mit dem Daumen übers Kinn. Ich wende mich ab und tue so, als sei ich an Cornflakes für dreizehn Dollar interessiert. Ich streiche mir über eine Braue und ziehe mir den Finger über die Wange, es ist meine Art zu lächeln und ihr zu sagen, dass ich ihr Gesicht berühren und beim Einkaufen ihre Hand halten möchte; ich möchte ihr meine Fantasien ins Ohr flüstern von dem, was wir uns wünschen und was nicht sein kann.

Ich gehe langsam auf sie zu und ignoriere die spitzen Ellenbogen, die eingefallenen Gesichter, die müden alten Frauen mit den verkniffenen Mündern. Mein Herz klopft bei jedem Schritt, das stechende Ziehen zwischen meinen Schenkeln dämpft sich zu einem sanften Pochen. Ich sollte mich von ihr fernhalten, aber heute fühle ich mich besonders rebellisch. Ich genieße es, mich mit diesem Spiel zu quälen, wenn sie so nah und gleichzeitig so unerreichbar fern ist. Als ich endlich neben ihr stehe, streiche ich mit der linken Hand vorsichtig über bunte Perlen und lasse die rechte schlaff herunterhängen. Zwei Finger recken sich nach dem verwaschenen rosafarbenen Stoff ihres Kleides – eins von den dreien, die sie besitzt. Sie neigt sich herüber, und ich spüre den sanften Druck ihres Oberschenkels an meinen Fingerspitzen und ihren nackten Arm an meinem.

Sie dreht sich um, ich spüre ihren starrenden Blick. Ich zwinge mich, geradeaus zu schauen, aber es ist, als greife sie mit ihrem Blick in mich hinein, durch Haut, Knochen und Blut bis in mein Herz. Ich bewege die Finger aufwärts, zeichne die Rundung ihrer Hüfte nach und die Einbuchtung ihrer Taille. In einer anderen Zeit, an einem anderen Ort oder als eine andere Person könnte ich jetzt hinter ihr stehen und meine Lippen an ihren Nacken legen. Ich würde sie umarmen, ein kurzer Moment der Zweisamkeit, bevor wir weiter über den Markt schlendern, Hand in Hand. Aber weil wir im Hier und im Jetzt sind, weiche ich zurück; ich habe gesehen, dass sich ein Mob aus wütenden jungen Männern nähert. Ich bezweifle, dass ihre Wut einen bestimmten Grund hat. Sie ärgern sich wie alle jungen Männer dieser Tage; über ihre Ohnmacht, ihre Sehnsucht, ihr Leben. Wir alle spüren diese Wut in uns, aber nur die Männer dürfen sie ungehemmt zeigen.

Ich wende mich ab und gehe los, und obwohl ich mich am liebsten umdrehen und *Ich liebe dich* flüstern würde, bleibe ich nicht stehen. An Tagen wie diesem könnte ich gehen, bis die Muskeln in meinen Beinen brennen, bis ich im Wasser bin, bis ich eine Zeit und einen Ort erreicht habe, wo Amèlie und ich zusammen sein können, ganz offen.

Aber vorläufig sind wir Frauen, die es nicht gibt. Wir sind weniger als Schatten, aber mehr als Geister. Wir sind die vom rechten Pfad abgekommenen Verwandten, über die die Nachbarn in entsetztem Tonfall tuscheln. Wir sind die Frauen, die von allen ignoriert werden, denn Liebe zwischen zwei Frauen ist etwas Amerikanisches, mit dem gottesfürchtige Insulaner nichts zu schaffen haben wollen. Einige machen keinen Hehl aus ihrem Lebensstil, hauptsächlich Männer, Künstler, deren exaltiertes Auftreten ihnen gestattet wird, weil sie so genial sind.

Doch selbst sie sehen sich gelegentlich der Verachtung ausgesetzt; eine Beleidigung hier, ein Steinwurf da. Und wenn sie erkranken, nehmen die anderen es mit einem selbstgefälligen Lächeln zur Kenntnis, eine bittere Ermahnung an das Gute, während ihre Leiber dahinsiechen.

Einmal wurden Amèlie und ich erwischt, da war ich dreiundzwanzig und sie zweiundzwanzig. Es war spät am Abend, und wir hatten uns in der dunklen Gasse zwischen unseren Häusern getroffen. Unsere Mütter schliefen, alle Nachbarn schliefen. In dem Moment waren wir die einzigen beiden Frauen auf der Welt, und wir fühlten uns gewissermaßen frei – frei zu tun, was wir wollten. Selbst bei Nacht war es so heiß, dass wir schwitzten. In manchen Nächten in Haiti scheint der Mond so heiß wie die Sonne. Amèlie trug ein T-Shirt und ausgetretene Sandalen. Die oberen drei Knöpfe meines Hauskleids standen offen. Wir nahmen einander an den Händen und verzogen uns an den dunkelsten Ort in der dunklen Gasse, wir ertasteten das Gesicht der anderen, als könnten sich in den wenigen Stunden, die wir getrennt waren, unsere Züge verändert haben.

Ich fuhr mit der Zunge von ihrem Kinn bis an die Kuhle am Halsansatz. Ich schmeckte salzigen Schweiß und spürte ihren Atem als Summen unter der Haut. Wir sagten nichts, denn wir brauchten keine Worte. Im Lauf der vielen Jahre hatten wir uns längst alles gesagt. Sie legte mir eine Hand an den Hinterkopf und zog mich an sich und küsste mich so leidenschaftlich, als wollte sie mich am Stück verschlingen. Unsere Lippen waren so trocken und rissig, dass ich Blut schmeckte. Meine Zunge schob sich in ihren Mund, begegnete ihrer. Sie drückte mich nach unten und zog sich das T-Shirt über die schmalen Schultern. Ich legte ihr meine Hände an die Brüste, und die weichen Hügel quollen zwischen meinen Fingern hervor. Amèlie flüsterte nur ein Wort, »bitte«, und ich drückte sie zu Boden und spreizte gierig ihre Schenkel.

Die Erde unter uns war warm, einladend und weich. Aber da hörten wir ein Keuchen, und ich wusste, wenn ich mich jetzt bewegte, würde mir das Herz aus der Brust rutschen und zu Boden fallen. Ich wusste, nun würden alle meine Befürchtungen wahr. Ich hatte den Moment schon oft erlebt. Amèlie krabbelte davon, griff nach dem T-Shirt, bedeckte sich die nackten Brüste mit den Armen und kauerte am Boden, als könnte sie sich auf diese Weise unsichtbar machen. Ich drehte ganz langsam den Kopf und sah meine Mutter in einem dünnen Streifen aus Mondlicht stehen, und ihr Gesichtsausdruck war so entsetzt und fremd, dass ich sie kaum erkannte. Sie drehte sich um und ging weg. Wir sprachen nie darüber – weder ich und meine Mutter noch ich und meine Geliebte –, aber Amèlie und ich trafen uns nie wieder in der dunklen Gasse zwischen unseren Häusern.

Jetzt, fünf Jahre später, treffen wir uns zum Sex im Haus einer Freundin, wann immer es möglich ist, gelegentlich kommen wir auch mit Gleichgesinnten zusammen, Frauen und Männer, die wie wir weniger als Schatten und mehr als Geister sind. Diese Treffen, Samstagabende in irgendeinem privaten Hinterzimmer in Port-au-Prince, sind jämmerlich verhuschte Veranstaltungen. Wir zahlen zehn Dollar Eintritt, trinken verwässerten Rum und geben vor, mit Freunden irgendwo in einem Club in New York, Miami oder Montreal zu stehen. Wir versuchen, liebevoll miteinander umzugehen, und lassen uns nicht anmerken, dass wir die ganze Zeit die Tür beäugen und fürchten, erwischt zu werden. Amèlie und ich schleichen uns in ein dunkles, unangenehm feuchtes Badezimmer, wo man sich kaum bewegen kann, zerren an unserer Kleidung, schieben einander eine Hand zwischen die Schenkel und küssen uns so lange, bis wir meinen, füreinander zu atmen. Wir wollen unseren Körpern so viel Lust wie möglich abgewinnen, bevor wir wieder nach Hause müssen.

An einem ungewöhnlich kalten Dezemberabend vor nicht allzu langer Zeit hat eine Männergruppe, eigentlich eher Jungs, unsere Privatparty gestürmt. Amèlie und ich saßen Arm in Arm auf dem Sofa, als fünf Männer zur Tür hereinkamen. Sie stanken nach Alkohol und nach Hass. Unseren Freund Albèrt, der am Eingang stand, packten sie am Kragen, stießen ihn gegen die Wand und beschimpften ihn aufs Übelste. Einer der Männer, groß, mit heller Haut und groben Zügen, warf die Stereoanlage zu Boden und drosch mit einem Baseballschläger darauf ein. Die Musik spielte aus unerklärlichem Grund weiter. Wir hörten ihre obszönen Flüche und die blecherne Musik. »Schwuchteln«, höhnte der Mann mit dem Baseballschläger. Kurz waren wir alle wie erstarrt, alle elf, als könnte unsere Passivität die Szene irgendwie abkürzen. Und dann rannten wir los und zur Hintertür hinaus, bloß weg von dem Haus. Wir wussten, wir waren feige, aber wir wagten es nicht, uns umzusehen. Am nächsten Tag erfuhren wir, dass Albèrt mit drei gebrochenen Rippen, einer gebrochenen Hand und vielen Blutergüssen im Krankenhaus lag. Ich bedauerte ihn für die Schmerzen, aber ich wollte nicht, dass mir dasselbe passierte, und auch nicht Amèlie. Noch mehr Scham, die ich ertragen musste. Das galt für uns alle. Wir trafen uns trotzdem weiter und brachen *die Regeln*, denn wir wussten, diese gestohlenen Momente waren alles, was wir in der großen weiten Welt hatten.

Als ich nach Hause komme, liegt meine Mutter schon im Bett und schläft. Einen großen Teil der letzten Jahre hat sie schlafend verbracht, und ich kann sie verstehen. Ich stehe in der Tür und lausche auf ihre Atemzüge, flach und verschüchtert. Die Falten in ihrem Gesicht sind tief. Im Schlaf sieht sie so entspannt und friedlich aus, dass ich sie auf keinen Fall aufwecken und ihr stilles Glück stören will. Und sie zu wecken, würde genau das bedeuten. Wenn sie mich ansieht, erkenne ich den Schmerz in ihrem Gesicht. Den Kummer darüber, eine Tochter zu haben, die sie liebt, aber nicht will. Manchmal spiele ich mit dem Gedanken, eine Beziehung mit einem Mann anzufangen – irgendeinem. Meine Mutter wäre entzückt. Aber dann erinnere ich mich an Amèlies Hals, an ihre zitternden Finger, die über meine streichen, und ich weiß, dass ich trotz der unerträglichen Distanz zwischen uns nichts ändern möchte. Sie möchte das auch nicht.

Ich gehe in die Küche und bereite mir einen Milchkaffee zu, und obwohl es heiß ist, selbst hier drinnen, halte ich das Gesicht in den Dampf und spüre, wie meine Poren sich öffnen. Vom Küchenfenster kann ich zu Amèlies Haus hinübersehen. Ich sitze da und warte, dass sie vom Markt zurückkommt. Ihre Mutter steht auf der Veranda und winkt mir zu. Ich lächele schüchtern und winke zaghaft, dann wende ich die Augen ab, bevor ich mich verrate. Ich sitze stundenlang am Fenster und erinnere mich an das letzte Mal mit Amèlie. Wie hastig es war, wie unbefriedigt es mich zurückließ. Ich denke an ihre schwitzigen Beine, die sich bei jedem Schritt aneinanderreiben, und ich denke an sie auf dem Markt, an meine Fingerspitzen an ihrem warmen Oberschenkel. So viele gestohlene Momente.

Unser erstes Mal war unbeholfen und verlegen. Ich war neunzehn, sie war gerade achtzehn geworden. Wir liefen zusammen von der Schule nach Hause, wir spürten den rissigen, heißen Asphalt durch unsere dünnen Schuhsohlen, und dann ergriff ich ihre Hand und drückte sie, bis meine Fingerknöchel weiß wurden. Amèlie blieb stehen und sah mich fragend an. Ich öffnete den Mund, aber nichts kam heraus. Die Worte waren da, aber ich wusste nicht, wie ich sie mit meinen Lippen formen sollte. Von fern näherte sich ein einsamer Toyota, trotzdem schloss ich die Augen, beugte mich vor und küsste sie sachte auf den Mund. Ich fuhr eine ihrer Augenbrauen mit dem Finger nach, und dann drehte ich mich um und rannte weg und versuchte, nicht zu weinen. Sie rief mir nach, doch als ich mich umdrehte, stand sie einfach nur da, also rannte ich weiter, über die Straße und in ein Zuckerrohrfeld. Ich ignorierte die dornigen Ranken, die mir die Beine zerkratzten, und ich blieb erst stehen, als ich zu Hause war. Als meine Mutter mich sah, legte sie sich eine Hand an die Brust, aber ich schüttelte nur den Kopf, verschwand in mein Zimmer, setzte mich in einer Ecke auf den kalten Zementboden, schlang mir die Arme um die Knie und wiegte mich vor und zurück.

Sekunden später klopfte es an der Tür.

»Geh weg«, sagte ich heiser, aber die Tür öffnete sich langsam und quietschend und da stand Amèlie, bleich und mit geschürzten Lippen. Sie trat ein und schloss die Tür hinter sich.

»Warum hast du das getan?«, fragte sie.

Ich ließ den Kopf sinken und starrte zu Boden. Sie kam so nah heran, dass ich ihren Schweiß und einen Hauch ihres Parfums riechen konnte. Sie ging in die Hocke, lehnte die Knie an meine und nahm mein Gesicht zwischen die Hände, und in dem Augenblick hielt sie mich ganz.

»Warum hast du das getan?«, fragte sie noch einmal.

Ich sah sie an. »Ich habe Gefühle für dich, die ich nicht haben sollte. Ich wünsche mir Dinge, die ich mir nicht wünschen darf.«

»Woher willst du das wissen?«

Ich lachte verbittert. »Wenn du die Wahrheit wüsstest, würdest du dich umdrehen und gehen. Du würdest mich nie wieder ansehen.«

»Kennst du mich denn gar nicht?«

»So einfach ist das nicht.«

Sie nahm meine Hand und zog sie zwischen ihre Brüste. Meine Finger zitterten, ich spürte ihre warme Haut durch den T-Shirtstoff. Es kostete mich alles an Beherrschung, meine Hand nicht nach rechts oder links zu bewegen. Aber da schob Amèlie sie mit sanftem Druck unter ihr Shirt, über ihren glatten Bauch bis an eine rundliche Brust. Ich seufzte schwer, genoss das Gewicht in meiner Hand. So lange hatte ich mir diesen Augenblick vorgestellt, allein im Bett in dunklen, schwülen Nächten, dass ich jetzt einen stechenden Schmerz zwischen den Augen spürte und die ganze Welt für einen Moment in gleißendem Weiß versank.

»Vielleicht ist es doch so einfach«, sagte sie.

Ich stieß einen verwunderten Laut aus trockener Kehle aus, küsste ihr Kinn, ihren Hals, zerrte ihr das Shirt über den Kopf und ließ meine Lippen an ihr abwärts wandern. Sie zog mich an sich, ihre Finger beschrieben kleine Kreise in meinem Nacken. Ich hörte meine Mutter durch die Küche schlurfen, mein Herz raste und ich betete, dass sie uns nicht stören würde. Ich schob eine Hand unter den Gummizug von Amèlies Rock. Sie kniete stumm vor mir, spreizte ganz leicht die Beine und reckte sich meinen Fingern entgegen. Ich wusste nicht genau, was ich da tat. Ich hörte die Stimme meiner Mutter wie ein fernes Echo, sie rief mich an den Tisch und fragte Amèlie, ob sie mitessen wolle. Ich bekam keine Luft mehr. Als Amèlie endlich nach Hause kommt, ist es schon seit Stunden dunkel. Sie bleibt auf der Schwelle ihres Hauses stehen, will hineingehen, entdeckt mich in der Finsternis, überlegt es sich anders und kommt herüber. Ich mache ihr auf, und sie sieht so traurig aus, so leer. Ich öffne die Arme, sie lässt sich an meine Brust sinken und legt den Kopf an meine Schulter.

»Ich kann heute nicht allein schlafen«, flüstert sie. »Es geht einfach nicht.«

Ich hebe ihr Kinn an und sehe ihr in die Augen.

»Wir könnten Patricia fragen, ob wir bei ihr übernachten können.«

Amèlie schüttelt den Kopf. »Ich möchte hier schlafen, in deinem ... in unserem Bett.«

Ich spüre Schmetterlinge in meinem Bauch. Mir war gar nicht bewusst gewesen, wie sehr ich mich nach diesen Worten aus ihrem Mund gesehnt hatte.

»Meine Mutter ist da.«

»Das ist mir egal. Dir nicht?«

Ich denke an all die kleinen Freuden, die wir uns jahrelang versagt haben. Diese eine Sache kann ich ihr nicht verwehren, sie hat mich noch nie um etwas gebeten. »Komm«, sage ich und gehe vor ins Schlafzimmer.

Wir schleichen am Zimmer meiner Mutter vorbei. Sie schnarcht, aber ich verzichte darauf, die Tür zu schließen, und auch die zu meinem Zimmer bleibt offen. Amèlies Mut an diesem Abend mag blind sein, aber jetzt will ich mich genauso tapfer zeigen. Angesichts von so viel Mut stellt sich mir die Frage, ob es wirklich etwas zu fürchten gibt – ob nicht vielleicht nur Geister und Schatten unserer Leidenschaft im Weg stehen. Sie zieht sich aus, ich auch, und wir kriechen ins Bett. Es knarzt unter unserem Gewicht. Amèlie dreht sich auf den Rücken, ich liege auf der Seite.

Sie streicht mir mit dem Daumen über den Mund. Ihre Lippen sind zu einem echten Lächeln verzogen, ihre hellbraunen Augen unendlich tief. Ich erkenne darin Furcht, ein bisschen Glück, Verlangen.

Die Spannung zwischen uns ist greifbar. Ich frage mich, ob Amèlies Mutter weiß, wo ihre Tochter ist und was sie tut. Ich atme laut aus. Ich hatte gar nicht gemerkt, dass ich die Luft angehalten habe.

»Psst«, sagt Amèlie und legt mir einen Finger an die Lippen. Ich denke daran, in welcher Gefahr wir sind. Ich denke an Steine, die einen Körper treffen. Möglicherweise steht meine Mutter in der Tür, aber ich sehe nicht hin.

Wir liegen nebeneinander, Amèlie schiebt eine
Hand auf meine. Ich schlafe ein, bevor ich ihr sagen

kann, wie sehr ich sie liebe. Ich höre ihr Herz schlagen und das Rauschen ihres Bluts. Ich komme nicht mehr dazu, ihr zu sagen, dass sie vor dem Morgengrauen gehen muss. Ich bin zu müde und zu zufrieden, um Angst zu haben. Morgen früh wird meine Mutter uns hier finden, mit ineinander verschränkten Gliedmaßen und eng aneinandergeschmiegt, wie wir dieselbe Luft atmen. Meine Mutter wird glauben, Geister zu sehen, oder Schatten, und das zu Recht.

Ein kühler,
trockener Ort

Yves und ich gehen zu Fuß, denn selbst wenn sein Citroën nicht kaputt wäre, kostet ein Liter Benzin fast sieben Dollar. Er trägt dünne, abgewetzte Shorts, und seine Oberschenkel zittern vor Anstrengung. Er macht sich Sorgen um meine Sicherheit, deswegen holt er mich jeden Abend um sechs von der Arbeit ab und begleitet mich nach Hause, zwanzig Kilometer durch Staub und sengende Hitze. Es stinkt nach Autoabgasen und süßem Zuckerrohr. Wir versuchen, den wild gewordenen Autofahrern zu entgehen, die uns nur zum Spaß von der Straße drängen wollen. Wir gehen langsam, und mein Herz schlägt schneller, als Yves meine Hand nimmt. Seine Hände sind das Beste an ihm, runzlig und voller Schwielen, die Hände eines sehr viel älteren Mannes. Manchmal, wenn er mich berührt, spüre ich, dass diese Hände weise sind.

Wir führen fast jeden Tag dieselbe Unterhaltung – über die katastrophalen Zustände im Land, bloß dass wir nicht einmal die Kraft aufbringen, das Wort katastrophal auszusprechen. Abgesehen davon beschreibt es unser Leben nicht, und auch die Trau-

rigkeit in Yves' Gesicht entzieht sich jeder Beschrei-
bung. Sie ist Ausdruck eines ultimativen Kummers,
der entsteht, wenn man mitansehen muss, wie das
geliebte Heimatland nicht im Ozean versinkt, sondern in sich selbst.

Wir kommen am Markt von Port-au-Prince vorbei.
Überall kleben Poster von Aristide und der Fanmi
Lavalas, obwohl die Wahlen, eine Übung in Vergeb-
lichkeit, längst vorbei sind. Ein einbeiniger Händler
mit geschwollenen Armen bietet mir Tampons für
zwölf Dollar an, wedelt mit der zerdrückten, blau-
weißen Packung in meine Richtung. Ich kann ihm
keine Beachtung schenken, weil ein rotgesichtiger
amerikanischer Tourist beginnt, uns anzuschreien.
Anscheinend möchte er, dass wir ihm den Weg zum
Hotel Montana erklären, er hat sich verlaufen, sein
Stadtplan ist zerknittert und eingerissen und voller
Colaflecken. »Wir sind Haitianer, nicht taub«, sage
ich. Der Amerikaner lächelt und entspannt sich, als
er seine Sprache hört.

Yves verdreht die Augen und tut so, als sei er vom
Angebot eines Kunsthändlers fasziniert. Er erträgt
keine übergewichtigen Amerikaner. Bei ihrem Anblick bekommt er Hunger, und der Hunger erinnert
ihn an alles, was er lieber vergessen würde. Yves hat
in der Schule Englisch gelernt, ich beim Fernseh-
schauen. *I Love Lucy, Drei Mädchen und drei Jun-*

gen, und meine Lieblingssendung: *Die Jeffersons* mit dem kleinen schwarzen Mann, der geht wie ein Huhn. Als Kind habe ich vor dem Fernseher gesessen und die Dialoge mitgesprochen, bis ich die Aussprache perfekt beherrschte. Jetzt erkläre ich dem rotgesichtigen Touristen einen falschen Weg, weil er mich verärgert hat. Ich spreche langsam und mit einem hoffentlich makellosen amerikanischen Akzent. Der Mann schüttelt mir zu fest die verschwitzte Hand und drückt fünf Gourdes hinein. Als er weitergegangen ist, verzieht Yves die Lippen und sagt, ich solle das Geld wegwerfen, aber ich schiebe mir die verblichenen Scheine in den BH. Wir schlendern über den Markt und tun so, als könnten wir uns etwas Schönes oder etwas Süßes leisten.

Die Hitze in unserem Haus ist erdrückend. Wie immer. Die Klimaanlage im Fenster funktioniert nicht mehr, die täglichen Stromausfälle haben ihr den Rest gegeben. Die Luft ist zum Schneiden dick und weigert sich, uns Platz zu machen. Ich sehe den Schweiß in Rinnsalen über Yves' Gesicht laufen und möchte an einen kühlen, trockenen Ort fliehen. Meine Mutter hat das Essen vorbereitet, Kochbananen und Gemüse, dazu einen Eintopf aus Rindfleisch und grünen Bohnen. Sie ist abgekämpft und verschwitzt, gebeugt, fast gebrochen. Als wir hereinkommen, sagt sie nichts, und auch wir schweigen.

171

Niemand von uns hätte etwas zu sagen, was nicht schon längst gesagt wurde. Pausenlos starrt sie das Schwarz-Weiß-Foto meines Vaters an, ein kleiner Mann, an den ich keine Erinnerungen habe. Die Tontons Macoutes haben ihn ermordet, als ich fünf Jahre alt war. Nachts träume ich, wie die Miliz meinen Vater aus dem Haus schleift, wie er geschlagen und auf die Ladefläche eines großen grünen Militärlasters geworfen wird. Für ihn war es damit vorbei, für meine Mutter nicht. Manchmal wiegt sie sich vor und zurück und starrt ihn an, bis ihre Augen glasig werden. Ich schaue zu Yves hinüber. Ich weiß, falls ihm etwas passiert, werde ich diejenige sein, die sein Foto betrachtet und sich überlegt, was war und was nie sein wird. Ich begreife das Ausmaß unserer Liebe.

Wir essen hastig, und danach geht Yves hinaus und spült das Geschirr ab. Mein Magen fühlt sich immer noch leer an. Ich lege mir eine Hand an den gewölbten Bauch. Ich möchte mich über meinen Hunger beschweren, sage aber nichts. Ich will ihr Unglück nicht noch schlimmer machen. Yves steht draußen, trocknet sich die Hände und beobachtet mich durch die schmutzige Fensterscheibe. Seine Blicke verraten mir, dass seine Fähigkeit zu lieben sich mit meiner messen kann. Seine Augen sind groß und die Lippen leicht geöffnet, als läge ihm immerzu ein *Ich liebe dich* auf der Zunge. Er lächelt und wendet dann schnell den Blick ab, als verbiete eine unausgesprochene Regel derlei Glücksmomente. Ich stehe seufzend auf, küsse meine Mutter auf die Stirn und massiere sanft ihre Schultern. Sie tätschelt meine Hand, ich ziehe mich in Yves' und mein Schlafzimmer zurück und warte. Ich denke an Yves' Zähne an meinem Hals, an sein Gewicht, das mich in die Matratze drückt. Sex ist eine der wenigen Freuden, die uns geblieben sind. Als Yves endlich ins Bett kommt, ist es schon dunkel. Er kriecht unter das Laken, sein Atem riecht nach Rum. Ich bleibe reglos liegen, bis er an meinem Ohrläppchen knabbert.

Er kichert leise. »Ich weiß, dass du wach bist, Gabi.«

Ich lächele in die Dunkelheit und drehe mich auf die Seite. »Ich warte immer auf dich.«

Er dreht mich sanft auf den Bauch und kniet sich hinter mich, zieht meinen Slip hinunter und küsst meinen Rücken. Seine Hände wandern an meiner Wirbelsäule entlang, und wieder spüre ich ihre Weisheit. Er lässt sich quälend viel Zeit, meinen Körper zu erkunden. Ich recke mich ihm entgegen und spüre seine Lippen an der Rückseite meiner Oberschenkel, und wie er mir mit einem Knie die Beine auseinanderschiebt. Ich versuche, ihn anzusehen, aber er hält meinen Kopf fest und dringt in einer geschickten

Bewegung in mich ein. Ich schnappe nach Luft und erbebe, verschlucke ein Stöhnen. Yves fängt an, sich zu bewegen, stößt tiefer und tiefer, und bevor ich mich hingebe, merke ich, dass das Laken zwischen meinen Fingern zerrissen ist und mein Gesicht nass von Tränen.

Später schmiegt Yves sich an mich, seine verschwitzte Brust klebt an meinem verschwitzten Rücken. Er schiebt seine Hände auf meinen Bauch, ich spüre seinen Atem im Nacken.

»Wir sollten von hier verschwinden«, murmelt er. »Damit ich dich irgendwann so im Arm halten und das Kind in deinem Bauch fühlen kann.«

Ich seufze. Wir haben einander versprochen, kein Kind in diese Welt zu setzen – ein weiterer Kummer auf einem ganzen Kummerberg, den wir gemeinsam angehäuft haben. »Wie oft wollen wir dieses Gespräch noch führen? Wir werden uns die Flugtickets niemals leisten können.«

»Aber ein Leben hier auch nicht!«

»Vielleicht sollten wir einfach ins Meer gehen.«

Yves' Körper versteift sich, ich drücke seine Hand.

»Das war nicht ernst gemeint.«

»Freunde von mir haben von einem Boot nach Miami erzählt. Übernächste Woche.«

Auch dieses Gespräch führen wir zu oft. Viele unserer Freunde haben versucht, per Boot zu fliehen.

Einige haben es geschafft, die meisten aber nicht, und viele haben unterwegs kehrtgemacht, weil die Seemeilen zwischen Haiti und Miami in Wirklichkeit länger sind, als es die blaue Lücke auf der Landkarte erahnen lässt. »Sie werden mit dem Boot aufs Meer rausfahren und dort sterben.«

»Nein, dieses Boot wird durchkommen«, sagt Yves überzeugt. »Sie nehmen einen Priester mit.«

Ich schließe die Augen. Ich versuche durchzuatmen, ich sehne mich nach frischer Luft. »Weil Gott schon hier an Land so viel für uns getan hat?«

»Sag nicht so was.« Er überlegt. »Ich habe ihnen gesagt, dass wir mitkommen.«

Ich drehe mich um und versuche, sein Gesicht im Mondlicht zu erkennen.

Yves packt mich bei den Schultern und lässt erst los, als ich winsele. »Es ist unsere einzige Möglichkeit. Agwe wird dafür sorgen, dass wir sicher nach Miami kommen, und dann können wir zum South Beach und nach Little Haiti gehen und Kabelfernsehen schauen.«

Ich verziehe angewidert den Mund. »Du willst dich in die Hände des Gottes begeben, der uns hier auf dieser elenden Insel gefangen hält?«

»Wenn wir fortgehen, werden wir endlich erfahren, wie es ist, richtig durchzuatmen.«

Mein Herz hört auf zu schlagen, und das Zimmer

ist plötzlich eine große Echokammer. Ich kann Yves'
Herz hören, nicht aber meins. Ich kann mir Yves'
Gesicht unter der Sonne von Miami vorstellen. Ich
werde ihm folgen, wohin er auch geht.

Ich wache auf, blinzle und muss mir sofort die
Augen bedecken. Erbarmungsloses Sonnenlicht fällt
auf unsere Leiber. Die Sonne kennt hier keine Gnade.
Meine Mutter steht am Fußende des Betts und hält
das Schwarz-Weiß-Foto meines Vaters in der Hand.

»Mama?«

»Die Wände sind dünn«, flüstert sie.

Ich betrachte meine Hände. Sie sind über Nacht
gealtert. »Stimmt irgendwas nicht?«

»Gabrielle, du musst mit Yves mitgehen«, sagt sie
und reicht mir das Foto.

Ich mustere das Porträt und versuche, die Form
meiner Augenbrauen oder meiner Nase im Gesicht
meines Vaters wiederzuerkennen. Als ich aufbli-
cke, ist meine Mutter verschwunden. In den folgenden zwei Wochen arbeite ich, während Yves Aus-
hilfsjobs erledigt und auf der Suche nach Vorräten,
die wir seiner Meinung nach brauchen werden, die
Stadt durchstreift. Ich lasse mir nichts anmerken,
räume meinen Schreibtisch auf, öffne die Post meines Chefs und tratsche mit meinen Kolleginnen. Ich
träume von Miami, wo Yves und ich niemals hungrig oder müde oder verängstigt sein werden, nichts

von dem, was wir hier ständig sind. Ich erzähle niemandem von unserem Plan, gleichzeitig wünsche ich mir, jemand würde uns an all die Unwägbarkeiten zwischen hier und dort erinnern und uns aufhalten. Nachts lieben wir uns bis zur Erschöpfung. Wir machen uns keine Mühe mehr, leise zu sein. Ich tue Dinge, die ich früher nie gewagt hätte, aber immer ausprobieren wollte. Die Fluchtpläne wirken jetzt schon befreiend. An einem Abend drei Tage vor der Abreise liegen Yves und ich im Bett und haben Sex. Wir sind weder laut noch leise. Yves legt eine Hand an meinen Hinterkopf und drückt mich sanft seinem Schwanz entgegen. Zuerst sträube ich mich, aber seine Lust ist zu groß und seine Finger krallen sich in mein Haar und halten mich fest. Ich bekomme kaum noch Luft, aber es ist auch aufregend; ich werde feucht, als er mich vorsichtig anleitet, fester zupackt und schneller atmet. Plötzlich hält er inne, dreht mich auf den Bauch, krallt die Finger in meine Hüften und zieht meinen Hintern in die Höhe. Ich stütze die Stirn auf meine Unterarme und beiße die Zähne zusammen. Ich lasse zu, dass Yves in mich eindringt, sich vor und zurück wiegt und im Dunkeln die furchtbarsten Sachen flüstert. Ich spüre so viel Lust, und so viel Schmerz. Ich weiß nur eins, ich will mehr – mehr von diesem dumpfen

Schmerz und dem heißen Kribbeln, mehr von diesem Gefühl, jeden Moment in Stücke gerissen zu werden. Yves sagt meinen Namen, und seine Stimme zittert so sehr, dass es mir das Herz zusammenzieht. Es tut gut zu wissen, dass er mich ebenso begehrt und dass mein Körper, der sich an seinen klammert, ein Balsam für ihn ist.

Danach liegen wir nebeneinander. Unsere Glieder sind schwer. Yves erzählt mir mit einer solchen Selbstverständlichkeit von South Beach, als hätte er sein ganzes Leben dort verbracht; an einem Ort, wo reiche, schöne und berühmte Menschen Salsa tanzen und in schicken Restaurants mit Meerblick essen. Er erzählt von teuren Autos, die nie eine Panne haben, und von Arbeit für jeden; von guten Jobs, die ihm, dem Ingenieur, angeboten werden, während ich tun und lassen kann, was ich will. Er erzählt von Little Haiti, einem Viertel, das ist wie unser Land, nur besser, weil die Klimaanlagen funktionieren und es Kabelfernsehen gibt. Das Kabelfernsehen ist ein fester Bestandteil unserer Unterhaltungen. Wir sind von der Überfülle fasziniert. Yves erzählt, und ich spüre seine Anspannung; er zittert fast vor Vorfreude. In den vergangenen zwei Wochen hat er öfter gelächelt als in den drei Jahren seit unserer Hochzeit, oder in den vierundzwanzig Jahren, die wir uns nun kennen. Ich lächle ebenfalls, denn ich muss glauben, dass dieser idyllische Ort existiert. Ich höre zu, obwohl ich meine Zweifel habe, und weil ich nicht weiß, was ich sagen soll.

Das Boot wird im Schutz der Nacht ablegen. Am Tag der Flucht beende ich meine Arbeit wie gewohnt, ich schalte Lampen und Computer aus, lächle dem Wachmann zu und verabschiede mich bei allen mit einem »Bis morgen«. Jedes Mal, wenn ich meinen Arbeitstag beende, wird mir klar, was für ein seltsames Land Haiti ist. Es gibt Büros mit Internet, Computern, Faxgeräten und Kopierern, aber die Leute, die dort arbeiten, wohnen in Hütten ohne jeden Komfort. Es ist, als lebten wir in zwei verschiedenen Zeitaltern gleichzeitig. Yves steht draußen und wartet auf mich, wie jeden Tag, außer dass er heute seine gute Stoffhose und ein Hemd trägt, und die Schuhe, mit denen er sonst nur in die Kirche geht. Sein bestes Outfit, wenn auch leicht abgewetzt. Aus einer seiner Hosentaschen baumelt die alte Krawatte seines Vaters. Auf dem Heimweg reden wir nicht. Wir halten Händchen, und der Druck seiner Finger ist so stark, dass meine Ellenbogen kribbeln. Aber ich sage nichts, weil ich weiß, er muss sich irgendwo festhalten.

Ich möchte mich in eine der Zuckerplantagen schleichen, an denen wir vorbeilaufen, ich möchte die alten, schwitzenden, dreckigen Männer mit den

Macheten ignorieren und eine einsame Stelle finden und Yves bitten, mich da und dort zu nehmen. Ich möchte die Erde an meinem Rücken spüren und das Zuckerrohr, wie es mir die Haut zerschneidet. Ich möchte mein Blut auf dem Boden und meine Schreie in der Luft hinterlassen, bevor wir nach Hause gehen; Yves' Samen soll an meinen Schenkeln kleben, meine Kleidung und mein Verhalten das intime Wissen verbergen. Aber so ein Benehmen ist vollkommen unangemessen, oder wenigstens war es das bis jetzt. Ich werde mir meiner Gedanken bewusst, mein Gesicht fängt an zu brennen, und ich gehe schneller. Ich habe mich in sehr kurzer Zeit sehr verändert.

Meine Mutter hat sich ebenfalls verändert. Ich würde nicht sagen, dass sie glücklich wirkt, aber der Kummer, der sonst ihre Züge vernebelt, hat sich verzogen; es ist, als hätte sie sich von ihrem eigenen Schatten gelöst und an einem dunklen, geheimen Ort versteckt. In den vergangenen zwei Wochen haben wir mehr geredet als in den vergangenen zwei Jahren. Wir werden ihr schreiben, und eines Tages werden Yves und ich genug Geld gespart haben, um sie nach Miami zu holen, auch wenn nichts die riesige Lücke zwischen jetzt und dann wettmachen kann.

Als wir zu Hause ankommen, sind wir schweißnass. Ja, es ist heiß, aber heute ist unser Schweiß ein

anderer. Er stinkt nach Angst und unerträglicher Anspannung. Wir sehen einander in die Augen, als wir
über die Schwelle treten, und wir sind uns der Tatsache bewusst, dass wir alles zum letzten Mal tun.
Meine Mutter geht murmelnd in der Küche hin und
her. Unsere Koffer stehen neben dem Tisch, und alles
wirkt so unschuldig, als planten wir eine Reise aufs
Land und nicht über einen ganzen Ozean. Die Vor-
stellung, einen Ozean zu überqueren, will mir immer
noch nicht in den Kopf. Ich kenne nichts als diese
Insel und das flache Wasser, in das ich manchmal
am Strand hinauswate. Haiti ist keine perfekte Heimat, aber dennoch eine Heimat.

Gestern Abend hat Yves zu mir gesagt, er wolle
niemals wiederkommen und niemals zurückbli-
cken. Wir lagen im Bett, ich hatte meine Beine um
seine geschlungen und meine Lippen an sein kanti-
ges Schlüsselbein gedrückt. Ich brach in Tränen aus.

»*Chère*, was ist denn?«, fragte er und wischte mir
mit den Daumen die Tränen aus dem Gesicht.

»Ich mag es nicht, wenn du so redest.«

Er versteifte sich. »Ich liebe mein Land und mein
Volk, aber ich kann den Gedanken nicht ertragen, an
einen Ort zurückzukehren, wo ich weder arbeiten
noch mich wie ein Mann fühlen kann. Ich bekomme
ja kaum Luft. Ich meine das nicht als Vorwurf, aber
ich glaube, du wirst das nie verstehen können.«

Ich wollte widersprechen, aber als ich mit pochenden Schläfen dalag, wurde mir klar, dass ich wahrscheinlich wirklich nicht verstehen konnte, wie ein Mann sich in diesem Land fühlen muss, wo ihm unerfüllbare Erwartungen aufgebürdet werden. Auch an die Frauen werden Erwartungen gestellt, aber wir haben es auf eine merkwürdige Weise leichter. Es liegt in unserer Natur zu tun, was man von uns erwartet, im Guten wie im Schlechten. Und doch gibt es Momente, wo wir es nicht leichter haben, der Moment zum Beispiel, als ich Yves vorschlagen wollte, zu bleiben und für eine bessere Zukunft zu kämpfen, bei unseren Lieben zu bleiben, einfach nur zu bleiben.

Ich habe ein wenig Geld für meine Mutter gespart. Angefangen hatte es mit den fünf Gourdes von dem rotgesichtigen Amerikaner, und dann fast mein gesamtes Gehalt und alles, was ich sonst zusammenkratzen konnte. Die Summe kann ihr den Verlust von Tochter und Schwiegersohn nicht ersetzen, aber ich habe nicht mehr. Sobald wir weg sind, wird sie zu ihrer Schwester nach Petit-Goâve ziehen. Ich bin froh darüber. Ich könnte den Gedanken nicht ertragen, dass sie hier Tag für Tag allein in dem kleinen, stickigen Haus sitzt.

Ich gehe langsam durch die Räume und präge mir jedes Detail ein, lege eine Hand an die Wände,

zeichne die Risse im Boden mit Zehenspitzen nach.
Yves gibt sich nüchtern und geschäftig, er macht
unser Bett, kauft ein paar Lebensmittel für meine
Mutter ein und versteckt unsere Reisepässe im Fut-
teral seines Koffers. Meine Mutter schaut zu, wir
schweigen. Aus unerfindlichem Grund wäre der
Klang einer Stimme jetzt unerträglich. Um kurz
nach Mitternacht ist es so weit. Meine Mutter
drückt Yves' Hände mit kleinen, runzligen Fingern.
Sie bittet ihn, auf mich aufzupassen, und auf sich.
Er versichert ihr mit brüchiger Stimme, dass wir
nicht lange getrennt sein werden. Sie drückt mich
an sich, bis meine Arme taub werden. Ich küsse sie
auf den Kopf und verspreche, ihr zu schreiben, sobald wir in Miami angekommen sind; ihr jeden Tag
zu schreiben und sie so bald wie möglich nachzu-
holen. Ich mache viele Versprechen, mehr, als ich
halten kann.

Und dann sind wir weg. Wir drehen uns nicht
noch einmal um. Wir weinen nicht. Yves trägt die
Koffer, und bald haben wir einen einsamen Strand
erreicht, an dem schon dreißig andere warten. Sie
sehen so verängstigt aus wie wir. Da ist auch ein
Boot, groß und viel stabiler, als ich es mir vorgestellt
hatte. Ich hatte Albträume von Booten aus dünnem,
morschem Holz, die Leck schlagen und im Meer ver-
sinken, und nichts bleibt zurück als das hohle Echo

der Schreie. Yves grüßt seine Freunde, bleibt aber an meiner Seite. »Jetzt geht es aufwärts mit uns«, spöttele ich, und Yves lacht laut. Ich sehe auch den Priester, von dem Yves mir erzählt hatte und der die Überfahrt segnen wird. Er ist anscheinend nur wenige Jahre älter als wir und wirkt so jung, dass es wehtut. Er hat nichts als einen kleinen Rucksack dabei und seine Bibel ist so zerlesen, dass die Seiten aussehen, als würden sie bei der leisesten Berührung herausrieseln. Mit fester, ruhiger Stimme bittet er uns ins Boot. Unter Deck befinden sich mehrere kleine Kabinen, Yves weiß offenbar, welche unsere ist. Mir wird klar, dass er sehr viel Geld in unsere Reise investiert haben muss. Er steht neben dem schmalen Bett und verschränkt schüchtern die Arme, in seinem Gesicht einen Ausdruck, den ich noch nie gesehen habe. Seine Augen glänzen feucht, er reckt stolz das Kinn vor. Ich werde unsere Entscheidung nie bereuen, egal, was geschieht. Mein Leben lang habe ich darauf gewartet, meinen Ehemann so zu sehen. Ich sehe ihn zum ersten Mal.

Später an Deck beuge ich mich über die Reling und spucke das wenige an Essen, das ich im Magen hatte, ins Meer. Selbst hier draußen ist die Luft heiß und drückend. Wir sind immer noch in der Nähe von Haiti. Ich hatte gehofft, dass wir gleich nach dem Ablegen frische, kühle Luft atmen würden. Zwischen den Übelkeitsanfällen hält Yves mich im Arm und verspricht mir, die Übelkeit gehe bald vorbei und sei ein geringer Preis für das, was uns erwartet. Ich habe genug von Versprechungen, aber im Moment sind sie alles, was wir haben. Ich sage ihm, er solle mich in Ruhe lassen, was ihn verletzt, aber ich kann mich nicht um ihn kümmern, bevor ich mich um mich selbst gekümmert habe. Ich streife seine Fingerknöchel mit meinen Lippen und bitte ihn, unten in der Kabine auf mich zu warten. Er entfernt sich widerwillig. Sobald ich allein bin, schließe ich die Augen, atme das Meersalz ein und hoffe, den Geruch der drückenden Luft zum letzten Mal in der Nase zu haben.

Ich denke an meine Eltern und überlege mir, dass ich meinem Vater vielleicht nie näher war als hier auf diesem Boot; vielleicht kann ich nur hier begreifen, was er sich für seine Familie gewünscht hat. Ich möchte nichts weiter als Frieden. Ich wische mir mit dem Handrücken über den Mund, ignoriere den intensiven Gallegeschmack in meiner Kehle und gehe unter Deck, wo Yves auf dem Bett sitzt und sich die Stirn reibt.

Ich lege ihm eine Hand in den Nacken. Seine Haut ist warm und feucht. »Was ist los?«

Er hebt den Kopf, sieht mich aber nicht an. »Ich mache mir Sorgen um dich.«

Ich stoße ihn aufs Bett und setze mich rittlings auf ihn. Er schließt die Augen, und ich streiche ihm mit Fingern über die Lider. Seine langen, gebogenen Wimpern kitzeln mir auf der Haut. Er ist ein schöner Mann, was ich ihm aber nicht sage. Er würde es falsch verstehen. Seltsam, wie sehr sich manche Männer vor ihrer eigenen Schönheit fürchten. Ich hebe sein Kinn mit einem Finger und fahre ihm mit der Zunge über den Mund. Seine Lippen sind aufgesprungen, aber weich. Er hält sich mit zitternden Händen an meinen Schultern fest, und ich bin selbst erstaunt, wie viel wir uns ganz ohne Worte sagen können. Hastig streifen wir unsere Kleidung ab, er schiebt sich zwischen meine Beine. Das Gefühl seiner angespannten Muskeln an meiner Haut ist überwältigend, ich zittere am ganzen Leib.

Ich schiebe ihm meine Zunge zwischen die Lippen, und sein Geschmack ist so vertraut und köstlich, dass ich schwach werde. Ich lasse mich auf ihn sinken und küsse ihn so leidenschaftlich, dass ich wunde Lippen davon bekommen werde. Ich will es nicht anders. Yves macht sich los, küsst stürmisch mein Kinn und meinen Hals und schlägt die Zähne in meine Haut. Ich stöhne heiser und werfe den Kopf zurück. Mein Hals pocht, ich weiß, auch dort werden morgen dunkle Flecken zu sehen sein. Er gräbt seine

Zähne tiefer ein, und ich kann die feine Trennlinie

zwischen Lust und Leid nicht mehr erkennen. Aber gerade, als ich ihn anflehen will, hört er auf, leckt sanft über die frischen Wunden und murmelt zärtliche Worte. Solche Härte gefolgt von solcher Sanftmut lässt mich erschaudern.

Meine Brüste liegen schwer in Yves' Händen, er neigt den Kopf und saugt daran. Er sieht mich an, und ich weiß nicht genau, ob er Erregung sucht oder Trost, für sich und für mich. Weil ich den Anblick nicht ertrage, stütze ich das Kinn auf seinen Kopf, umarme ihn und bewege langsam die Hüften vor und zurück. Ich will ihn in mir spüren, doch ich lasse mir Zeit. Dieser Moment, was immer er auch bedeutet, verlangt Geduld.

Yves ergreift meine Knie, spreizt sie und drückt sie nach oben, bis sie fast mein Gesicht berühren. Ich stemme die Fußsohlen gegen seine Schultern und erbebe, als er sich in mich hineinschiebt. Ich spüre ihn in seiner ganzen pulsierenden Länge, spüre, wie seine Schweißtropfen auf meine Haut und in meine Augen fallen, wo sie sich mit meinen Tränen mischen; spüre seine Anspannung, als ich seinen breiten schwarzen Rücken zerkratze. Morgen wird auch er blaue Flecken haben.

»Na los«, sage ich.

Er stößt mich immer fester und schneller. Wir sind gierig. Ich erkenne ihn nicht wieder. Ich bin dankbar. Ich schreie, die Laute sind furchtbar. Ich spüre etwas Nasses an meinem Arm – Yves' Tränen. Ich bin innerlich wund, aber Yves soll nie wieder aufhören.

Mit jedem Stoß bringt er mich weiter weg von zu Hause, hin zu einem kühlen, trockenen Ort.

Danksagung

Die Erzählungen in diesem Band wurden zuvor in den folgenden Zeitschriften abgedruckt: *decomP, Quick Fiction, Pinch, Guernica, Necessary Fiction, Weave, Caribbean Review of Books, trnsfr, Best Lesbian Erotica 2003* und *Best American Erotica 2004*. Ich bin den Herausgeber*innen dieser hervorragenden Zeitschriften und Anthologien zu besonderem Dank verpflichtet.

Dieses Buch würde es nicht ohne meine Eltern geben, Michael und Nicole Gay, die mich und meine Brüder dazu erzogen haben, unsere Heimat zu kennen und zu lieben. Über Haiti und die haitianisch-amerikanische Erfahrung schreibe ich in dem Bewusstsein, sehr privilegiert zu sein, aber auch mit großem Stolz. Ich danke Maria Massie, meiner unermüdlichen Agentin. Wie immer danke ich meinem wunderbaren Freundeskreis, der meine Arbeit so zuverlässig unterstützt. Und meiner besten Freundin Tracy Gonzalez, die wahrscheinlich schon gelangweilt ist von so viel Dank und der ich trotzdem immer wieder danken werde. Sie weiß, warum. (Außerdem hatte sie recht.)

Die Originalausgabe erschien erstmals 2011 unter dem
Titel »Ayiti« bei Artistically Declined Press, USA. Die
Originalausgabe der vorliegenden Ausgabe erschien 2018
unter selbigem Titel bei Grove Atlantic, New York.

MIX
Papier | Fördert
gute Waldnutzung
FSC
www.fsc.org   FSC® C104608

Penguin Random House Verlagsgruppe FSC® N001967

1. Auflage
Deutsche Erstausgabe Januar 2024
btb Verlag in der Penguin Random House Verlagsgruppe
GmbH, Neumarkter Str. 28, 81673 München
Copyright © der Originalausgabe 2011, 2018 Roxane Gay
Copyright © der deutschsprachigen Ausgabe 2024
btb Verlag in der
Penguin Random House Verlagsgruppe GmbH
Umschlaggestaltung: semper smile | München
nach einem Entwurf von © Grove USA unter Verwendung
eines Fotos von © Offset/Lyn Hui Ong
Druck und Einband: Nørhaven A/S, Viborg
MSP · Herstellung: sc
Printed in Denmark
ISBN 978-3-442-77414-2

www.btb-verlag.de
www.facebook.com/penguinbuecher